LE PRINCE CHARMANT EST INFIDÈLE...

ET LA PRINCESSE AUSSI

DU MÊME AUTEUR

Debout les vieux !, Éditions Michel Lafon, 2014 ;
Pocket, 2015.
Ben Hurle, Éditions Anne Carrière, 2009.
Le Pays sans Adultes, Éditions Anne Carrière, 2008 ;
Le Livre de poche, 2010.
Lucine, Bernard Pascuito Éditeur, 2007 ;
Le Livre de poche, 2011, 2015.

ONDINE KHAYAT

LE PRINCE CHARMANT EST INFIDÈLE...

ET LA PRINCESSE AUSSI

Michel LAFON POCHE

Ce roman est paru initialement sous le titre
Le prince charmant est infidèle
aux Éditions Michel Lafon

118, avenue Achille-Peretti – CS 70024
92521 Neuilly-sur-Seine Cedex
www.michel-lafon.com

Lorsque tu te sens triste et déprimé,
n'oublie pas que tu as un jour été
le spermatozoïde le plus rapide de la bande.

COLUCHE

– 1 –

Ce n'est pas parce que l'homme a soif d'amour qu'il doit se jeter sur la première gourde.

Pierre DESPROGES

Le ciel était à peine plus noir que mes pensées, ce qui faisait de moi le type le plus climato-compatible à des kilomètres à la ronde. Mais, dans mon cerveau, tous les câbles étaient débranchés. Je voyais flou, j'avais des bouffées de chaleur malgré la température extérieure, et j'avançais comme un automate, en saluant distraitement ma famille et mes amis, réunis au cimetière de Pantin en ce jour venteux. Heureusement, la vodka-orange m'aidait à tenir le coup.

Cathy me guidait dans l'allée centrale en calant ses pas sur les miens, protectrice et aimante. La cérémonie venait de se terminer, et mon père était à moitié enseveli par tous ceux qui se pressaient à ses côtés pour lui présenter leurs condoléances. Et quand ils en avaient fini avec lui, c'était moi la cible. Allez rester digne quand une quarantaine de personnes vous serrent dans leurs bras en pleurant.

Sans compter les traînées de fond de teint et les marques de rouge à lèvres qui avaient valeur de CDI chez Michou.

– Ne t'inquiète pas, Ben. Ça va aller.

– Merci, tonton.

– On est là, tu sais.

Une de mes tantes m'a pressé tellement fort contre sa poitrine qu'elle a failli m'étouffer. Cathy a dû intervenir pour me sortir de ses griffes manucurées rouge et or, totalement inappropriées pour un enterrement.

Le défilé a continué comme ça une bonne dizaine de minutes, sans qu'aucun des poncifs du genre me soit épargné :

– C'est la vie, mon Ben…

– C'est juste un mauvais moment à passer…

– Moi aussi, tu sais, j'ai perdu ma mère…

Cathy m'a lâché un moment pour aller embrasser mon père et je suis resté tout seul avec mon cœur béant.

– Toutes mes condoléances.

Cette voix claire, provocante… Je me suis retourné au ralenti. La première chose que j'ai vue, c'est sa bouche. Ourlée, sensuelle. Une œuvre d'art.

– Steve m'a beaucoup parlé de toi.

Si quelqu'un m'avait dit un jour que j'aurais une érection le jour de l'enterrement de ma mère, je ne l'aurais pas cru. J'aurais eu tort. Je n'y peux rien, mais quand Sabrina Leroy, une des copines de mon cousin Steve, m'a serré contre elle, un des câbles de mon cerveau s'est rebranché. Pas celui que j'attendais.

À la sortie du cimetière, Cathy m'a aidé à me laver les mains à la fontaine, pour chasser la mort. C'est une tradition religieuse, chez nous. Le contact de ses paumes contre les miennes m'a fait du bien. Ensuite, j'ai serré mon père très fort dans mes bras et je suis monté dans la Smart de Cathy. Le ciel était toujours aussi noir, mais mes pensées s'éclaircissaient peu à peu.

Pantin-place de l'Étoile est un trajet déjà pénible en temps normal, mais quand vous venez d'enterrer votre mère, c'est apocalyptique. Surtout avec Cathy au volant. Elle roule à cinquante sur le périphérique, à trente en ville, elle laisse passer tous les piétons et elle s'arrête à l'orange. À l'examen du code de la route, elle a fait un carton plein. Croyez-moi ou non, mais j'ai dû batailler pour qu'elle renonce à porter le gilet jaune en conduisant. Il est sous son siège, plié et repassé, dans une housse au cas où. Cette fille, c'est une publicité pour la sécurité routière à elle toute seule. Mais là, tout de suite, avec ma crise de claustrophobie et mes vapeurs façon préandropause, c'était difficile, surtout à trente-cinq ans.

– Respire, Ben. Ça va aller.

Sa main se pose sur ma cuisse. Je sens une chaleur irradier dans tout mon corps. Je ferme les yeux, bercé par le ronronnement de la voiture. Oui, ça va aller.

Ou pas.

– Ben ?

Je me suis réveillé au moment où la voiture s'est

arrêtée. Cathy m'observait avec ses grands yeux bleus sublimes.

– Tu es sûr que tu ne veux pas rester au magasin avec moi ?

– Non, je t'assure. J'ai besoin d'être un peu seul.

– Ça m'ennuie de te laisser aujourd'hui. Je peux dire à Cécile que je prends mon après-midi…

– Non, ta sœur a besoin de toi. Ça va aller, je te dis.

– Sûr ?

– Certain.

Sa bouche s'est plaquée contre la mienne. J'ai fermé les yeux en savourant ce moment. Pas de doute, le câble de tout à l'heure était bien branché. Le disque dur reprenait du service.

– Je t'aime.

– Moi aussi, chérie. Heureusement que tu es là.

Elle est sortie gracieusement de la voiture et a rejoint le magasin bio qu'elle avait ouvert trois mois plus tôt avec sa sœur. Elles se donnaient vraiment du mal. Cathy m'a envoyé un baiser que j'ai saisi au vol, puis elle a disparu derrière un présentoir d'huiles essentielles.

J'étais maintenant au volant de la Smart qui se faufilait dans les rues de Paris. J'essayais de ne plus penser à rien, adoptant les principes de neutralité et de maîtrise de soi enseignés par le grand maître Jean-Claude Van Damme mais, preuve que tout ça ne me réussissait pas très bien, j'ai failli écraser une vieille à un passage clouté. J'ai pilé au dernier moment en lui adressant un sourire chaleureux. Elle ne s'est rendu compte de rien et a continué sa route, sans se presser. De toute façon, même avec beaucoup de bonne volonté, elle aurait été bien incapable de se presser. Ça aussi, c'est la vie, à ce qu'il paraît…

J'ai réalisé que j'avais dépassé la rue des Martyrs depuis un bon bout de temps. Le GPS que m'avait offert Cathy pour mon trente-cinquième anniversaire ne m'a été d'aucune utilité puisque je ne savais pas m'en servir. J'ai demandé quatre fois mon chemin, fait demi-tour trois fois et, au bout de vingt minutes d'errance, j'ai fini par trouver une place à dix minutes de marche de la cible.

La façade de l'immeuble venait d'être ravalée. J'ai sorti de la poche de mon manteau le papier plié en douze avec le code écrit dessus : ZX64ABI. Ça c'était du code ! Bientôt, on utilisera des numéros tellement complexes qu'on ne pourra plus rentrer chez nous.

Le deuxième code était tout aussi simple à retenir : WQ64TDI. J'ai dû m'y reprendre à deux fois avant d'avoir le droit de fouler la Terre promise.

J'allais prendre l'ascenseur quand Cathy m'a appelé pour me dire qu'elle pensait à moi et qu'elle m'aimait.

– Merci, ma chérie.

– Tu fais quoi ?

– Je me promène. Ça me fait du bien d'être seul. Tu avais raison, il y a des moments où c'est nécessaire. Je passerai voir mon père tout à l'heure. Ne m'attends pas pour te mettre au lit.

Depuis qu'elle avait ouvert son magasin, Cathy se

couchait avec les poules. À 10 heures tapantes, elle était au lit, à 10 h 10, elle dormait du sommeil du juste.

– OK, chéri.

– Je t'embrasse.

J'avais le cœur gros en raccrochant. Quelle chance j'avais de vivre depuis quatre ans avec Cathy ! Au début, c'étaient son physique et son côté bourgeois qui m'avaient attiré. Elle venait d'un milieu différent du mien, j'étais touché et fier qu'elle s'intéresse à moi. C'est seulement après que j'étais vraiment tombé amoureux d'elle. C'était la première fois de ma vie que je ressentais un amour aussi fort. Et c'était aussi la première fois qu'une femme restait avec moi aussi longtemps.

Au septième étage, j'avais le choix entre quatre portes. Aucune n'affichait de nom ou d'inscription. En y regardant de plus près, j'ai vu que celle de gauche était entrouverte. J'ai tendu l'oreille. Aucun bruit, à peine un léger fond sonore… Je me suis glissé à l'intérieur. L'appartement était sombre, j'ai emprunté le couloir. En guise de moquette, il y avait ces espèces de nattes. Vous savez, celles qui vous entaillent les orteils quand vous marchez pieds nus dessus.

J'ai dépassé la cuisine et la salle de bains. Sur ma droite, un bureau, sur ma gauche, la chambre. Dans la chambre, le lit. Et sur le lit, Sabrina Leroy en body noir et en bas résille, les cheveux en bataille, la bouche entrouverte.

Mon disque dur s'est totalement réinitialisé.

Par souci d'efficacité, j'avais retiré mon manteau dans le couloir et mon pull était en bonne voie. Mon tee-shirt « Mother Fucker » – ça m'avait semblé de circonstance – a valsé, lui aussi.

Sabrina s'est avancée à quatre pattes, féline. Elle a caressé mon torse, plutôt ferme si l'on tenait compte de ma désertion totale des salles de musculation depuis trente-cinq ans.

Elle a frotté son adorable fessier contre mon ventre en murmurant des mots incompréhensibles. Je me suis retrouvé nu plus vite que de raison, et tout s'est enchaîné avec grâce et naturel, un peu à la manière de ces couples de patineurs qu'on regarde le dimanche sur le service public. Double salto, pirouette, flip, demi-lutz, petit piqué, saut écarté, saut de biche, arabesque sautée, et ainsi de suite.

Après les figures imposées, les figures libres. Sabrina avait une imagination débordante, c'était une véritable artiste. En me voyant agir, je ne pouvais qu'être fasciné par les capacités de résilience de l'être humain. J'avais quand même enterré ma mère quelques heures plus tôt… Mais Sabrina a efficacement chassé les quelques nuages revenus me gâcher le paysage. Je me suis tendu, détendu, tendu, détendu, retendu, redétendu, et plus si affinités.

Elle m'a regardé dans les yeux en effectuant une rotation improbable du bassin.

– Je savais que tu assurais. Ces trucs-là, ça se sent.

Je me suis demandé s'il y avait vraiment une manière de faire savoir à sa proie qu'on était le bon prédateur, et vice versa, mais Sabrina ne m'a pas laissé aller au bout de ma réflexion. Elle en avait encore sous le capot, et j'ai passé la cinquième.

À 22 h 30, la culpabilité a repris le dessus. J'ai pensé à Cathy et à ma mère, ce qui faisait double ration de culpabilité. Sabrina s'est avancée vers moi, attendant sans doute un peu de tendresse.

– Tu restes dormir ?

– Non… je ne peux pas. Il faut que j'y aille.

Bien sûr, je ne dormais qu'avec la femme que j'aimais, réflexion que j'ai néanmoins gardée pour moi.

J'ai rassemblé mes vêtements éparpillés dans tout l'appartement. Impossible de trouver mon caleçon. L'heure tournait, j'ai donc remis mon pantalon sans slip, même si je me voyais mal expliquer à Cathy sa disparition.

C'est curieux comme quelqu'un avec qui vous venez de partager des instants torrides peut d'un seul coup vous sembler fade. Comme disait l'autre : « Après le coït, l'animal est triste »… et il doit décamper.

Smart noire, Paris *by night* post-adultère. Sur le trajet du retour, mes pensées se sont embrouillées à nouveau. Ma mère, Sabrina, Cathy… Trop d'émotions, trop de sensations. J'ai commencé à transpirer, j'avais des bouffées de chaleur. J'ai ouvert un peu la fenêtre, je me suis agrippé au volant et j'ai réussi à arriver jusque chez moi.

J'ai ouvert la porte de l'appartement le plus doucement possible, je me suis déshabillé en quatrième vitesse et j'ai fait un brin de toilette rapide, pour enlever toute trace de mon méfait. Dans un sursaut de lucidité, j'en ai profité pour effacer quelques SMS potentiellement compromettants. Ceux de Sabrina et les autres. Ils étaient réconfortants, mais il faut faire des choix dans la vie…

Je me suis glissé sous les draps. Cathy dormait avec sa nuisette en satin, dans une position lascive qui m'a fait un effet certain. Elle a bougé et s'est lovée contre moi.

– Ben…

– Oui, mon cœur.

Je chuchotais, comme si quelqu'un pouvait nous entendre.

– Tu vas bien ?

Sa sollicitude a ravivé ma mauvaise conscience.

– Heu… ça va. C'est un peu dur.

– Je suis là, tu sais.

Elle a posé sa main sur mon front avec douceur.

– Tu veux un verre d'eau, quelque chose ?

– Non, Cat, ça va.

– Mon ange…

Elle m'a embrassé tendrement. La tristesse et la culpabilité étaient fortes, mais le désir que j'ai ressenti quand elle a plaqué son corps contre le mien les a fait voler en éclats.

– Cathy…

Ma fougue l'a un peu surprise, mais elle a sans doute pensé que c'était une réaction post mortem et elle a coopéré.

– Cathy…

On a fait l'amour longtemps, moi-même j'ai été surpris.

Je me suis endormi avec un relent de culpabilité. Cathy, Sabrina et ma mère se mélangeaient dans ma tête. Il était temps que cette journée se termine.

Le lendemain matin, le bruit de la douche m'a fait revenir à la réalité. Cathy a traversé la chambre dans son peignoir rose, et s'est habillée rapidement.

– Ben, j'ai rendez-vous chez mon ostéo. Je peux te laisser seul ?

J'ai ouvert un œil, et j'ai senti la crise d'angoisse arriver.

– Heu… non, je viens avec toi.

Elle a fait une moue adorable et a relevé ses cheveux en queue-de-cheval. Sa robe grise mettait en valeur son corps mince, et ses bottes cavalières noires lui allaient à merveille.

– Tu es ravissante.

– Merci. Il faut que je passe vite fait au magasin. On se retrouve chez l'ostéo directement ?

– OK, à tout à l'heure, chérie.

Elle m'a serré contre elle et a attrapé le parapluie. Quelques instants plus tard, j'ai entendu la porte claquer et je me suis retrouvé tout seul, avec ma fichue culpabilité qui reprenait le dessus. Je me suis levé en grelottant. Du coup, j'ai attrapé le peignoir rose de Cathy. Comme je ne trouvais pas mes chaussons, j'ai enfilé vite fait une vieille paire de Converse, et je me suis traîné dans la salle de bains.

J'ai eu un sursaut en me voyant dans la glace. Des

images de ma soirée de la veille avec Sabrina me sont revenues en mémoire. Impossible de les chasser, elles se superposaient à des images de Cathy, heureuse, amoureuse, et à d'autres de ma mère, avant sa mort. L'enterrement, Cathy, Sabrina.... J'ai filé sous la douche. Ça m'a pris un bon quart d'heure avant de me rendre compte que j'avais gardé le peignoir et les Converse. J'avais atteint un point de non-retour, je me suis mis à hurler.

Autant que je vous prévienne tout de suite, quand rien ne va plus, BEN HURLE.

– 2 –

Je peux résister à tout, sauf à la tentation.

Oscar Wilde

En sortant de mon immeuble, je barbotais encore dans la vase qui enserrait mon cerveau. Le ciel gris est soudain devenu noir, et je n'ai pas pu m'empêcher de le prendre personnellement.

La météo avait décidé d'être radicale. La pluie tombait sans interruption. Cathy, elle, avait eu l'intelligence de prendre un parapluie. De l'intérêt d'être prévoyant…

En évitant les flaques, je repensais à ma mère et je m'en voulais de ne pas être allé la voir plus souvent. D'avoir tout fait pour échapper au couscous-boulettes du vendredi soir. Il faut dire que Cathy est végétarienne. Allez demander à votre mère de mettre un peu de tofu dans son couscous… Il y a des choses, dans la vie, qui sont impossibles à concilier.

Ma mère n'a jamais supporté Paris, elle s'y sentait à l'étroit. C'était une femme douce et effacée, et moi, j'étais un fils indigne. J'avais honte quand elle venait me chercher à l'école, parce qu'elle n'était pas aussi élégante que les mères de mes copains. Maintenant, elle est morte, et je rumine des pensées stériles sur la vie, la mort et tout ce qu'on devrait faire pour les autres, mais qu'on ne fait pas parce qu'on est trop stupide.

Furieux, j'ai levé les yeux au ciel et j'ai toisé l'Éternel.

Pourquoi tu m'enlèves ma dose d'illusion ? J'en ai besoin pour vivre ! Ce monde n'est supportable qu'à condition de sniffer chaque jour de l'illusion à s'en faire exploser les naseaux !

Si ça se trouve, ma culpabilité va me ronger, et je vais en mourir.

C'est ce que tu veux ? Bon sang, ce n'est pas parce que je suis juif que je dois à tout prix avoir une révélation !

C'est le moment précis qu'a choisi le bus 69 pour rouler dans la flaque qui m'a aspergé. Je suis arrivé chez l'ostéo en retard, dans un état pitoyable, un peu comme si j'étais passé à la machine à laver mais que la fonction essorage était en panne. J'avais reçu un SMS de Cathy qui me disait de rester dans la salle d'attente.

Le cabinet médical était assez vaste, il y avait là, en colocation, l'ostéo de Cathy, une coach-thérapeute et une acupunctrice. Sur un mur, un poster détaillait la correspondance entre la plante des pieds et les organes. J'ai cherché « verge » sur le poster, mais ça ne faisait apparemment pas partie des organes cibles. Quelques minutes plus tard, des talons ont résonné sur le parquet en bois clair. J'ai tourné la tête. Une femme de quarante-cinq ans environ, sublime, a fait son apparition, un livre à la main. Grande, mince, blonde, avec des jambes longues et fines, parfaites. Ma crise d'angoisse n'était déjà plus qu'un mauvais souvenir. J'étais un vrai résilient. Je me suis demandé si elle venait se faire manipuler par l'ostéo de Cathy, si elle était en thérapie ou si elle allait se faire piquer. L'image de son corps plein d'aiguilles m'a presque donné une érection, allez savoir pourquoi ! J'étais en train de me demander comment j'allais engager la conversation avec elle, lorsque le destin m'a donné un coup de pouce inespéré. Tous les feux étaient au vert, je me suis galamment précipité pour ramasser le livre qu'elle venait de faire tomber. *Le Cri primal* d'Arthur Janov. Jamais entendu parler. J'ai cherché une vanne dans ma base de données neurologiques.

– Vous allez rire, mais en matière de cri, j'en connais un rayon…

La température de son regard était bloquée à –15 °C. Je lui ai tendu son livre, en lui faisant mon fameux sourire charmeur. Elle m'a fusillé du regard, et les balles n'étaient pas à blanc. Je me suis senti minable, j'ai tenté la séduction par apitoiement.

– Excusez-moi, je… je viens de perdre ma mère. Je suis au fond du trou.

Son expression s'est un peu radoucie, elle a rangé lentement le livre dans son sac. J'en ai profité pour enchaîner.

– J'aimerais beaucoup vous revoir.

Elle s'est arrêtée, s'est tournée vers moi et m'a

regardé droit dans les yeux. Un regard de vraie femme. J'ai senti que tout était possible, qu'on pouvait même faire l'amour là, dans l'instant, pendant que Cathy se faisait manipuler dans la salle d'à côté. L'inconnue m'a tendu sa carte de visite.

– En effet, je crois que ça vous ferait le plus grand bien…

J'ai senti une vague d'excitation dans tout mon corps, mais, intrigué par le ton de sa voix, j'ai jeté un œil sur sa carte et j'ai lu : « CLAIRE MONTFORT. Coach-thérapeute ».

– Je précise que mes soins ne sont pas remboursés par la Sécurité sociale.

Elle m'a tendu une main ferme et m'a gratifié d'un sourire éclatant, avant de rejoindre son bureau, juste à côté de l'ostéo de Cathy. Décontenancé et humilié, je l'ai regardée s'éloigner, en proie à un vertige certain. Heureusement, sa démarche élégante et sensuelle m'a rappelé que j'étais quand même un bonhomme, et que j'en avais dans le pantalon. Elle ne m'aurait jamais donné ses coordonnées si elle n'avait pas eu envie de moi, pas vrai ? Elle était simplement trop fière pour le reconnaître. Cette femme était une arme de précision, une grenade à dégoupiller avec tact. Passé la quarantaine, on ne se fait plus abuser par le premier play-boy venu. On cherche la qualité, pas la quantité. Je reconnais que j'étais flatté. Je sentais déjà la soie de sa combinaison crisser sous mes doigts. Ses bas le long de ses jambes, ses fesses fermes, sa poitrine emprisonnée par la dentelle de sa lingerie fine, prête à jaillir devant moi…

« Claire Montfort. Coach-thérapeute. »
Je me suis senti minable et angoissé.
Qu'est-ce qui m'arrive, bon sang ?

J'avais envie de pleurer, sans savoir pourquoi. Je sentais une douleur inconnue monter en moi, sans que je puisse rien contrôler. Alors j'ai fait comme tout le monde dans ces cas-là, j'ai repoussé la douleur en pensant à autre chose : aux jambes interminables de Claire Montfort, en l'occurrence.

Elle s'était moquée de moi, non ? Pas du tout ! Elle avait juste été déstabilisée par le désir que je lui avais inspiré et s'était protégée. Je tenais enfin une proie digne de moi. Le jeu en vaudrait sûrement la chandelle. Au début, tomber des filles, ça me faisait du bien, ça me valorisait. Je me sentais important. Mais avec le temps, j'avais besoin de sensations de plus en plus fortes. Finalement, la plupart des femmes se ressemblaient, elles aimaient à peu près les mêmes choses chez moi. Mon côté à la fois sûr de moi et « touchant », ce sont leurs mots. Du coup, je tournais un peu en rond. Mais Claire Montfort, elle, était d'un tout autre gabarit, et ça me stimulait.

Le monde est une jungle. Moi Ben, toi Claire.

Cathy est sortie radieuse de chez l'ostéo. Elle était belle, avec ses cheveux soyeux, sa peau lisse, ses dents parfaitement alignées et son sourire de rêve. Je me demandais parfois ce qu'elle faisait avec un type comme moi, mais tant qu'elle ne se posait pas la question, je pouvais faire face.

J'avais beau sourire, je ne parvenais pas à chasser Claire Montfort de mes pensées.

– Cat, tu te souviens de la conversation qu'on a eue hier ?

– Quelle conversation ?

– Quand tu m'as dit que je devrais me faire aider.

– Ah oui…

– Je crois que tu as raison, je vais consulter…

– Super ! Tu penses à quelqu'un en particulier ? Un lacanien, un freudien ?

– Heu… en fait, il y a une coach-thérapeute dans le cabinet de ton ostéo…

– Ah oui, c'est vrai !

– Elle est spécialisée en cri primal, et je sens que j'ai vraiment besoin de crier.

– Et tu crois qu'elle est bonne, cette thérapeute ?

– Oh oui, elle est super bonne !

– Bravo, Ben. Tu prends le taureau par les cornes. Je suis sûre que ça te fera du bien.

J'ai accompagné Cathy jusque devant son magasin bio. Cécile est sortie me faire la bise, moulée dans un tee-shirt Petit Bateau taille quatorze ans qui mettait en valeur ses formes, certes moins efficaces que celles de sa sœur mais honorables quand même. La gent féminine s'était donné le mot pour me torturer, ou quoi ? J'ai accéléré l'allure et j'ai bousculé une jeune boulimique d'un quintal, qui persistait, malgré l'évidence, à gober un pain au chocolat dégoulinant de beurre.

Je suis arrivé au journal avec vingt bonnes minutes de retard, ce qui m'était bien égal. Mon job consistait à caillasser dans les règles les films français et étrangers qui envahissaient chaque semaine nos écrans. La réunion portant sur le prochain numéro était déjà bien entamée, comme me l'a signifié le regard appuyé d'Hubert de La Rive, mon rédacteur en chef, que mon irruption a interrompu au beau milieu d'une phrase déterminante pour l'avenir du journal.

– … On a vendu plus de cent mille exemplaires le mois dernier, il faut continuer comme ça. On ne peut pas se permettre de revenir aux ventes catastrophiques du début de l'année. Ça va, Ben, pas trop à la bourre ?

– Si. Et ça continuera tant que des crétins se suicideront en se jetant sous le métro aux heures de pointe.

Au regard qu'il m'a lancé, j'ai vite compris que le décès de ma mère ne me donnerait droit à aucun traitement de faveur. Coralie, notre quota d'obèses, était en train de coller la préaffiche du nouveau film de Ben Stiller : *Dieu, ma Mère et Moi*. Je n'ai pas pu m'empêcher de sursauter. Quelqu'un tentait de m'adresser un message.

Esprit, es-tu là ?

Rien ne s'est passé, j'ai donc tout fait pour avoir l'air « normal ». Par chance, mon regard s'est posé sur le corps avenant d'Angelina Jolie. Ça m'a donné un repère. Je me suis attardé sur ses lèvres protéiformes en fantasmant. Au moment où Angelina était en train de s'approcher de moi et de me supplier de la prendre dans mes bras, Coralie est intervenue.

– On devrait faire la couverture avec elle. À chaque fois, on cartonne.

– Tu veux dire avec elle à poil ?

Marine, notre quota de jeunes stagiaires bombasses, a gloussé. Une image de Claire Montfort dans sa combinaison en soie est passée devant mes yeux. Mais quand je suis revenu à moi, je n'ai rien vu d'autre que la tronche de mon rédacteur en chef, qui tétait les branches de ses lunettes. C'était son toc à lui.

– Au fait, Ben, on a deux pages de pub en plus dans le numéro, donc une de tes pages va sauter.

Je n'ai rien dit. Qu'est-ce que vous voulez ajouter à ça ? Par les temps qui courent, un sac Louis Vuitton est bien plus utile qu'une page culture.

– 3 –

Lorsqu'on tombe, ce n'est pas le pied qui a tort.

Proverbe chinois

Chaque fois que je pensais à ma mère, j'avais une crise d'angoisse. Du coup, j'étais tellement mal qu'il fallait absolument que je m'occupe l'esprit… et le reste. En sortant du boulot, je suis donc passé chez Sofia, une Vietnamienne que j'avais rencontrée la semaine précédente. Je n'avais aucune mauvaise intention, je vous le jure, mais elle portait une jupe moulante, des talons hauts et un pull gris décolleté à tomber à la renverse. Alors ça m'a donné des idées.

Un gros bouddha cuivré montait la garde dans son salon. Une grande fontaine ruisselait sans s'arrêter. J'ai ressenti une immense paix intérieure, convaincu que ça venait du bouddha. J'étais en pleine descente de force. Dire que j'avais passé toutes ces années égaré dans le judaïsme, à manger des bricks et du couscous-boulettes, alors que le vrai message était là, dans le couloir. À vous donner envie de vous nourrir de riz gluant pour le restant de vos jours.

Quand Sofia s'est approchée de moi, j'ai senti l'odeur de noix de coco dans ses cheveux. Je n'ai plus pensé à rien. Elle a frotté son visage contre le mien, sa peau était fine et soyeuse. Je me suis laissé aller. On s'est embrassés, déshabillés, caressés. J'ai colonisé tout le Vietnam. Plusieurs fois. Je me sentais le roi du monde.

Plus dure sera la chute.

Je ne pouvais pas supporter que mon père se retrouve seul, à son âge. Il n'avait jamais rien fait seul. Ma mère avait toujours été là pour lui. Je me souviens que, lorsqu'il partait travailler à 6 heures du matin dans son usine de chaises, elle lui préparait toujours sa gamelle.

C'était donc normal, j'imagine, qu'il ne parvienne pas à se remettre de sa mort. Cinquante-sept ans de mariage partis en fumée d'une seconde à l'autre, vous vous rendez compte du choc ? Il était comme un animal en captivité rejeté dans son milieu naturel du jour au lendemain. Il avait oublié tous les gestes de survie de base. Heureusement que Jacqueline, sa voisine, s'occupait de lui.

Je me suis rendu chez mon père, que j'ai trouvé en train d'étudier le journal *Paris-Turf*.

– Qu'est-ce que tu fais en pyjama, papa ? Pourquoi tu n'es pas habillé ?

– Pourquoi tu veux que je m'habille ? Pour qui ?

– Mais enfin, tu ne peux quand même pas passer tes journées en pyjama !

– Pourquoi ? C'est puni par la loi ?

Il avait l'air d'un petit moineau, frêle et perdu, accroché à son journal. Il n'avait même pas pris la peine de se raser.

– Papa, il faut que tu te ressaisisses. Tu ne peux pas te laisser aller comme ça.

– C'est pas moi, c'est la vie qui se laisse aller.

Il a repris son stylo et s'est remis à faire des croix sur le journal. Qu'est-ce que je pouvais inventer pour lui remonter le moral ? Le prendre dans mes bras, lui dire que sa femme était morte mais que la vie continuait ? Les affaires de ma mère étaient partout, comme si elle était sortie chercher le pain. Sauf que, cette fois, le boulanger était vraiment très loin. Elle ne reviendrait jamais. Mais il continuait à guetter ses pas, à attendre qu'elle ouvre la porte en souriant et qu'elle lui dise de se dépêcher d'aller faire son tiercé parce que c'était l'heure de passer à table.

Qu'est-ce que je pouvais lui dire ? Je me sentais accablé. Les larmes me montaient aux yeux pendant que je pensais que ma mère ne serait plus jamais là et que mon père n'était plus que l'ombre de lui-même. L'appartement sentait le renfermé, les souvenirs s'entrechoquaient dans ma tête. Une crise d'angoisse arrivait droit sur moi. Il fallait réagir. Vite. J'ai pensé très fort à Sabrina Leroy, à Sofia, puis à Cathy, mais la culpabilité est revenue à vitesse grand V. Heureusement, mes yeux se sont posés sur le *Paris-Turf*.

– Alors, papa, qu'est-ce que tu vois aujourd'hui ?

– C'est ce diable de Bazire qui va encore gagner.

– Bon, on lui met combien ?

– Rien. Il est à deux contre un.

– Et si on faisait un petit tiercé, hein ? Qu'est-ce que tu en dis ?

– Hum…

– Allez, habille-toi, on va faire un jeu.

– Non. Vas-y, toi. Va me jouer un tiercé.

– Mais il faut que tu sortes !

– Et qui a dit ça ? Je n'ai aucune envie de sortir.

J'ai fini par obtempérer parce que ça ne servait à rien d'insister. Il est têtu comme une mule. Je suis allé lui jouer un tiercé et un quinté au PMU et je suis revenu avec de la bouffe casher.

– Et si tu t'habillais pour manger ?

Il est parti dans la chambre pendant que je déballais la kémia et, quand il est revenu, il a attaqué avec appétit les carottes, les navets, les fèves et les bricks.

– Merci, mon fils. Ça me rappelle ta mère. On a passé des jours, ensemble… C'était la vie. Avec le soleil, le courage et la mer… Les olives, la joie…

Je l'ai laissé égrener ses souvenirs. Toutes ces choses qu'il avait soudain besoin de se remémorer. Les valises remplies de sa mémoire, qu'il déballait d'un seul coup.

On ne sait jamais rien sur ses parents. On ne voit qu'un tout petit morceau de leur existence, mais on ne les connaît pas du tout, en fait. J'ai écouté le murmure de sa voix, et j'ai fait un grand saut dans le passé. Ensuite, on a regardé le tiercé sur Equidia. Bazire s'est mis à la faute au tournant, et on a tout perdu.

– C'est pour ça que je préfère jouer virtuellement, m'a dit mon père.

– Oui, mais quand tu gagnes, c'est virtuel aussi !

– C'est la vie qui est virtuelle, mon fils. Et nous avec.

J'ai senti la crise d'angoisse revenir, et elle n'avait rien de virtuel. J'ai serré mon père dans mes bras.

– À bientôt, prends soin de toi.

– Tu ne m'as rien raconté, ça va avec Cathy ?

– Super. Au top…

– Je suis content, mon fils. Ta mère aussi serait contente. Elle était fière de toi, elle disait que Cathy pouvait compter sur toi, que tu n'étais pas comme tous ces types qui mentent à leurs femmes et qui les trompent. Avec toi, au moins, Cathy dort tranquille. C'est bien, mon fils. Continue comme ça.

J'ai préféré ne rien répondre. Là où elle était, ma mère me voyait, c'était sûr. Et il avait fallu qu'elle meure pour découvrir le vrai visage de son fils. Un menteur, un traître.

En sortant de chez mon père, j'ai pensé à Arthur Janov et à son cri primal, mais je n'ai pu sortir qu'un couinement ridicule.

– 4 –

Après trente ans passés à étudier la psychologie féminine, je n'ai toujours pas trouvé de réponse à la grande question : que veulent-elles vraiment ?

Sigmund FREUD

En allant à mon rendez-vous chez Claire Montfort, j'ai remarqué que mon cœur battait plus vite que d'habitude. C'était l'heure de vérité. La coach-thérapeute allait devoir faire la preuve de son appellation. En espérant qu'elle soit d'origine contrôlée. J'avais un peu regardé sur Internet les spécialités qui fleurissaient en matière de bien-être : irisologie, sophrologie, relaxologie… J'espérais vivement que Claire ait aussi quelques notions de pénissologie. Rien que d'y penser, j'en étais tout émoustillé.

J'ai patienté quelques minutes dans la salle d'attente. Je me suis regardé dans la glace, j'ai replacé quelques mèches rebelles et j'ai vérifié mon haleine.

Claire est venue me chercher quelques minutes plus tard. Elle portait un tailleur gris qui mettait en valeur la finesse de sa taille. Sa jupe s'arrêtait à mi-cuisses, m'offrant une vue splendide sur ses jambes. J'allais sortir une vanne pourrie, mais elle m'a serré la main avec une telle autorité que je suis resté silencieux.

– Suivez-moi.

Je ne sais pas pourquoi, mais je me sentais comme un gamin de douze ans pris en faute.

– Asseyez-vous, Ben.

Je me suis installé dans un fauteuil confortable, juste en face d'elle, perdu dans la contemplation de ses jambes croisées, me demandant si elle portait des sous-vêtements.

– Alors, Ben. Qu'est-ce qui vous amène ?

La combinaison en soie.

J'essayais de deviner si elle la portait sous son tailleur. Ça m'énergisait rien que de l'imaginer.

– Heu… Je suis venu parce que…

– Oui ?

Elle s'est penchée en avant. Son chemisier a laissé entrevoir la naissance de ses seins.

– Vous êtes venu parce que vous voulez vous sentir bien, c'est ça ?

Un vrai beau sourire de mâle s'est dessiné sur mon visage. Enfin, on y était.

– Exactement.

Elle m'a observé longuement.

– Dans ce cas, déshabillez-vous.

– Tout ce que vous voudrez. Je suis là pour ça.

Je me suis retrouvé torse nu devant elle, mais elle ne bougeait pas.

– Et vous, vous…

Elle ne m'a pas laissé finir ma phrase et a désigné le sofa, juste derrière moi.

– Vous vous allongerez là quand vous serez prêt.

J'étais tombé sur une femme forte, une dominatrice. Elle aimait mener la danse, ce qui n'était pas pour me déplaire.

J'ai gardé mon caleçon et je me suis allongé. J'avais du mal à dissimuler les signes tangibles de mon excitation.

– Vous êtes prêt ?

– Euh… oui…

Le désir montait de plus en plus. Pourvu que j'arrive à me contrôler ! J'ai fermé les yeux en pensant à Coralie, la grosse qui bossait avec moi, mais malgré ça j'avais du mal à décélérer. Claire Montfort me faisait un effet bœuf.

Ses mains chaudes se sont posées sur mon corps. Elles touchaient des points sensibles : chevilles, genoux, nombril, coudes, épaules, tempes. Mais mon principal point sensible n'avait pas encore été exploré.

– Claire…

J'étais de plus en plus excité. Ses mains se sont déplacées vers mes plantes de pieds. Elle a appuyé dessus, j'ai poussé un hurlement de douleur et mon excitation est retombée aussi sec.

– Hum… On dirait bien que vous avez mal à votre mère… On est dans un cas classique de refoulement œdipien.

– Pardon ?

Claire a pressé mes mollets et mes genoux.

– Aïe ! Arrêtez, ça fait mal !

– Et là, c'est votre père… Vous avez une difficulté avec votre identité masculine. Sûrement un conflit que vous avez refoulé sans pouvoir le régler.

Elle est retournée à sa place, a pris ma fiche et a commencé à écrire dessus.

– Donc, vous avez un problème avec votre mère ?

– Oui… enfin, elle est morte la semaine dernière…

– Vous m'avez dit l'autre jour que vous aviez des crises d'angoisse.

– Oui…

Je me suis pris la tête dans les mains.

– Vous semblez avoir une grande culpabilité.

– Heu…

– J'imagine que vous voulez me parler de votre relation amoureuse actuelle ?

J'ai commencé à flipper pour de bon et j'ai regardé autour de moi.

– C'est une caméra cachée ?

– Vous êtes sûrement dans un schéma qui se répète. Vous voulez en sortir, mais vous n'en êtes pas encore conscient.

Elle n'arrêtait pas d'écrire pendant qu'elle parlait.

– Vous pouvez vous rhabiller.

Je me suis tout à coup souvenu que j'étais en caleçon. Je lui ai obéi, sous le choc, et je me suis de nouveau assis devant elle. Je ne ressentais plus la moindre excitation. Comme si je venais de découvrir que Claire Montfort était un travelo.

– Bien. Je vous écoute, Ben.

Je ne savais plus quoi faire, j'étais complètement déstabilisé. J'ai eu un mouvement de panique incontrôlable et je me suis mis à table, contre ma volonté, en ayant l'impression d'être en garde à vue.

– J'aime Cathy, ma copine... On est ensemble depuis quatre ans.

– Tout va bien, alors ?

– Oui... non. Je... Il m'arrive de coucher avec d'autres femmes, ça me fait du bien, ça comble le vide que je ressens, ça me libère...

– Et ?...

– Je... je suis obligé de lui mentir. C'est ce que vous voulez entendre ?

– Pourquoi lui mentez-vous ?

J'étais sidéré par sa question.

– Parce que si jamais elle découvre que je la trompe, elle va me quitter !

– La base du travail sur soi, c'est justement que celui qui ment n'existe pas.

– Et Pinocchio, il n'a pas existé ?

Elle a décroisé les jambes et m'a regardé, consternée.

– Je vais vous poser une question importante : pensez-vous que Cathy fasse l'amour avec d'autres hommes ?

– Pourquoi vous me demandez ça ?

– Parce qu'elle fait peut-être comme vous, sans oser vous le dire non plus...

– Sûrement pas ! Les femmes ont beaucoup moins besoin d'aller voir ailleurs.

– C'est une certitude scientifique, organique, psychique, physiologique ?

Elle me fixait d'un regard perçant, quasi hypnotique.

– Ben… Vous êtes monogame ou polygame ?

– Heu… Ni monogame ni polygame, je suis… sur toutes les gammes !

– Je vois… Et quand vous avez rencontré Cathy, vous lui avez dit que vous étiez sur toutes les gammes ?

– Bien sûr que non !

– Et pourquoi ça ?

– Pour ne pas lui faire de mal.

– Ça, c'est la raison officielle. Mais en fait, vous avez peur de le lui dire, n'est-ce pas ?

– Moi, peur ?

– En effet. Ce qui vous fait peur, c'est que Cathy veuille faire pareil que vous.

– Vous plaisantez ! Elle m'aime, elle n'a pas besoin de ça !

– Parce que vous, vous ne l'aimez pas ?

J'ai été pris d'un violent accès de paranoïa.

– Claire, vous savez quelque chose sur Cathy que je devrais savoir ?

– Je crois que je me suis trompée sur vous…

– C'est ce que je me tue à vous expliquer !

– On va repartir de zéro, vous et moi.

On en arrivait enfin à ce qui nous occupait : elle et moi.

– Ça me va très bien. Vous proposez quoi ?

– De vous dire les choses clairement.

– Quelles choses ?

– Vous n'êtes pas juste un séducteur maladroit, vous êtes surtout un petit macho égotique et lâche qui confond sa femme avec sa maman.

Je me suis étranglé.

– Moi, lâche ?

– Je suis un peu déçue, je croyais que vous étiez plus courageux que ça.

– Mais… je le suis !

– Non, la preuve : rien que l'idée que Cathy désire un autre homme vous rend fou.

– Ne me provoquez pas, Claire !

– Pourquoi ? Vous allez me surprendre ?

– Très bien, puisque vous le prenez comme ça, soyons cash. Qu'est-ce que vous proposez ? Que j'aille voir Cathy et que je lui avoue tout ? « Au fait, chérie, il y a un tout petit truc que j'ai oublié de te dire : depuis toujours, je compense mon manque affectif dans les bras d'autres filles. »

– Ça, c'est une première étape, mais il manque quelque chose.

– Quoi donc ?

– Qu'elle fasse la même chose que vous.

– Oui, bien sûr ! « Tu peux faire pareil que moi, mon amour, tu as ma bénédiction. » Je suis au fond du trou.

– Intéressant…

– Vous êtes complètement à côté de la plaque. Cathy est une fille bien. Elle n'acceptera jamais ça.

– Si vous en êtes aussi sûr, vous ne risquez rien à ouvrir sa boîte de Pandore et à libérer ses fantasmes. Après tout, c'est le meilleur moyen pour qu'elle accepte les vôtres.

– C'est un gag ? On est filmés, c'est ça ?

– Je croyais que vous aviez du cran…

– Mais j'en ai !

– Bien sûr, pendant la durée de cette initiation, je vous conseille vivement de ne pas avoir d'autre relation.

– J'accepte que ma femme aille avec un autre homme, et moi, je ne bouge pas ?

– Pour se libérer, Cathy doit pouvoir compter sur vous et vous faire confiance. Ce sera plus facile ensuite pour elle d'accepter vos désirs pour d'autres femmes.

– Ah bon ? Vous croyez vraiment que c'est possible, ça ?

– C'est toujours difficile pour un homme d'accepter qu'un autre fasse l'amour à sa femme. L'inquiétude qu'il le fasse peut-être mieux que lui, avec des arguments… de taille…

– Arrêtez. Je suis au fond du gouffre.

Claire a jeté un coup d'œil sur sa montre et a ouvert son agenda.

– La séance est terminée.

– Comment ça, terminée ?

– On se revoit la semaine prochaine. Réfléchissez à ce que nous venons de nous dire. L'homme a toujours eu très peur de sa féminité, c'est une question de pouvoir. Mais vous, vous n'êtes pas un lâche ? Donc vous n'avez aucune raison d'avoir peur. Ça fera cent euros.

J'ai payé, hébété, et j'ai quitté la pièce avec l'enthousiasme d'un condamné à mort.

Je suis sorti de chez Claire d'une humeur de chien. Je venais de payer cent euros pour m'entendre dire que j'étais un cocu et un lâche. « C'est une question de pouvoir. L'homme a très peur de sa féminité. »

D'accord, j'imaginais mal Cathy en train de faire l'amour avec un autre que moi. J'en concevais une souffrance profonde, intolérable. C'était la mort, l'enfer, la damnation, le pire de mes cauchemars. Je faisais l'amour avec d'autres femmes que Cathy mais, comme tous les mecs, je ne pouvais pas imaginer qu'elle fasse la même chose. OK, mais je suis un homme, quand même, c'est différent ! Non, c'est pareil.

La vérité, c'est que moi, Ben Portman, trente-cinq ans, je suis un enfoiré.

J'ai été pris de panique. À chaque pas, j'avais l'impression de tomber dans un trou. Je me suis engouffré dans le métro dégoulinant de gens pressés, en haïssant l'humanité. Dans son ensemble.

J'ai observé mes voisins de wagon en me demandant combien parmi eux étaient des cocus lâches. Mes yeux se sont posés sur un beau gosse. Est-ce qu'il plairait à Cathy ? La panique est revenue puissance mille. Pas de doute, Claire avait consciencieusement appuyé sur mon point faible. Ma respiration s'est coupée et, pendant un moment, mon cerveau n'a plus été irrigué. Ambiance *La Mort en direct.* Pour couronner le tout, le métro est resté bloqué dans un tunnel pendant plusieurs minutes. J'étais fichu, j'allais mourir cocu, entouré de parfaits inconnus. J'ai fermé les yeux, prêt à accueillir la mort, et soudain j'ai vu une lumière blanche. J'ai pensé que c'était le grand jour et que l'Éternel, dans son immense mansuétude, avait envoyé quelqu'un me chercher, mais quand j'ai rouvert les yeux, le métro était arrêté à la station Charles-de-Gaulle-Étoile. Je me suis senti comme un nourrisson expulsé du vagin de sa mère, et j'ai pris une grande inspiration. Je revenais à la vie. Pour combien de temps ?

Quand je suis arrivé à la maison, Cathy lisait un livre d'André Brink, avec, sur la couverture, un magnifique esclave noir à moitié nu. Le destin continuait à me narguer.

– Ta séance s'est bien passée, Ben ?

Je l'ai dévisagée, scrutant le moindre détail de son visage ou de son corps, cherchant ce qui pouvait avoir changé en elle, maintenant que j'étais cocu.

– Ben ?

Je me suis approché d'elle et j'ai fait valser son livre.

– Mais qu'est-ce qui te prend ?

Pour toute réponse, je l'ai embrassée à pleine bouche.

– J'ai envie de toi.

– Maintenant ?

– Oui, maintenant !

– Dis donc, ça te fait un bien fou, cette thérapie !

Je l'ai déshabillée dans un état fébrile. L'heure était grave. Je devais affirmer ma virilité, marquer mon territoire. Pendant que les effluves de son parfum vanillé m'hypnotisaient, je me demandais quel autre homme avait reniflé son odeur, quel autre homme avait bien pu sentir sa chair comme je le faisais en ce moment. J'essayais de chasser ces pensées, mais je n'y arrivais pas. Impossible d'oublier la réflexion de Claire.

Est-ce que Cathy me trompe et me ment, elle aussi ?

Je n'ai pas pu m'empêcher de penser qu'à cent euros

la consultation, j'aurais mieux fait de me payer une pute.

Cathy dormait paisiblement, mais je ne pouvais pas fermer l'œil. Je vivais l'un de ces moments de profonde solitude. Vous savez, quand tous vos souvenirs désagréables remontent à la surface en profitant lâchement de vos faiblesses. J'ai repensé à Lucia, l'Italienne avec laquelle j'avais vécu pendant un an avant de rencontrer Cathy. Elle faisait les meilleures pâtes du monde, mais elle m'avait quitté quand elle avait appris que je la trompais. Et Candice, avec qui je vivais avant de rencontrer Lucia... Elle aussi m'avait quitté quand elle s'était rendu compte que je la trompais. Et Andrea, Stéphanie... Elles étaient toutes parties pour la même raison.

Je suis cerné.

Une nouvelle crise de panique s'est profilée à l'horizon. Je n'arrivais plus à respirer, j'étais pris au piège.

C'était de la faute de Claire Montfort si toutes ces pensées remontaient maintenant à la surface. Elle était en train de bousiller ma vie... Pourtant, elle avait mis le doigt sur une vérité irréfutable. Le même schéma se répétait avec chaque femme que je rencontrais. Un jour ou l'autre, mes mensonges étaient découverts. Je me suis tourné vers Cathy.

Suis-je déjà en sursis ?

J'avais l'impression de ne plus faire partie du monde des vivants. C'était l'effet Claire Montfort. Le début de la lobotomie du pénis.

Je suis en train de disjoncter. J'entends le tic-tac de la bombe et je sais qu'il ne me reste plus beaucoup de temps pour la désamorcer.

Est-ce que j'ai vraiment envie de la désamorcer ? Mais oui ! Bien sûr que oui ! Simplement dormir, oublier tout ça et prendre un bon petit déjeuner sans avoir l'impression de mourir. Du pain toasté dans mon grille-pain high-tech avec beaucoup de beurre et plein de confiture. De la confiture de fraises. Ou d'abricots. Avoir le choix… Est-ce si difficile ? Je voudrais recommencer ma vie d'avant Claire Montfort.

Je me suis glissé hors du lit en titubant, tétanisé par l'angoisse, et j'ai regardé tomber la pluie. Quand j'étais petit, je suivais le trajet des gouttes le long de la vitre et j'inventais des histoires. J'envoyais des messages aux étoiles, mais bien sûr je devais me gourer d'adresse, parce que je n'ai jamais eu de réponses.

Maintenant que j'étais adulte, j'avais du mal à réaliser que j'étais peut-être cocu et que je ne reverrais plus jamais ma mère. Je n'aspirais qu'à redevenir celui que j'étais avant tout ça. Un type de trente-cinq ans qui passait son temps à se la raconter en ne pensant qu'à baiser.

Un type normal, quoi.

Je me suis vautré sur le divan du salon, celui-là même où j'avais eu l'illusion de marquer mon territoire quelques heures auparavant en faisant l'amour à Cathy. J'ai attrapé un livre qui traînait là : *Écoute, petit homme !* de Wilhelm Reich. J'ai lu une phrase au hasard : « … lorsque tu fais l'amour à ta femme, sache que si ça n'avait pas été toi, ça aurait été un autre… » J'ai refermé le livre au bord de l'apoplexie et je me suis agrippé au sofa en respirant comme un asthmatique en fin de vie.

Le lendemain matin, Cathy s'est levée encore plus tôt que d'habitude. C'était jour de livraison au magasin, il fallait qu'elle contrôle l'arrivage. Elle m'a trouvé en flagrant délit de divan.

– Tu as dormi là ?

Je me suis réveillé en sursaut.

– Impossible de dormir, je ne voulais pas te réveiller.

– Tu as faim ?

– Non.

– Tu lis Reich, maintenant ?

– Je l'ai parcouru…

Elle est revenue s'asseoir près de moi avec un bol de jus de gland bio et une galette de riz complet.

– Cat, tu es heureuse avec moi ?

– Bien sûr… Pourquoi tu me demandes ça ?

– Pour rien. Ce con de Reich m'a retourné le cerveau.

– À ce soir, chéri.

Elle m'a longuement serré contre elle avant de s'en aller. Quand je me suis levé, j'ai donné un grand coup de pied dans le bouquin de Reich.

– Connard !

– 5 –

La seule façon d'être heureux, c'est d'aimer souffrir.

Woody ALLEN

Je suis arrivé au boulot avec une bonne heure de retard, mais ce petit contretemps est passé inaperçu. Je me donnais à fond dans mon travail, mais de manière concentrée. J'écrivais mes articles assez rapidement. Dire pourquoi on aime ou pas un film ne prend pas énormément de temps. Je m'octroyais donc des pauses toutes les demi-heures environ. Sauf quand mon rédacteur en chef était dans le secteur. J'avais la critique de *Nuit en enfer* à faire. Un film existentiel, sûrement très inspiré des *Rêveries du promeneur solitaire*. Sauf que là, le promeneur, à force de solitude, disjonctait et butait tout le monde à Central Park. Rousseau assaisonné au ketchup, avec kalachnikov, grenade et tout ce qu'on peut imaginer de mortel pour un autre être humain. Un vrai bonheur de poésie et de finesse. J'irai peut-être le revoir, il est possible que certains messages m'aient échappé.

Nuit en enfer : un film à ne manquer sous aucun

prétexte, surtout si vous envisagez de faire un master en serial killing.

Au bout d'une demi-heure de travail acharné, je me suis envoyé une vodka-orange issue de ma réserve personnelle, et j'ai décidé de respecter le droit de pause qui constitue l'un des grands plaisirs du travailleur, même quand le travailleur en question est un gros blaireau comme moi. Je suis entré dans le pausoir, et j'ai senti tout de suite que ça allait être tendu.

Marine était assise dans le sofa. Avec ses longs cheveux bruns, ses yeux verts, ses seins fermes et sa cambrure magnifique, c'était peu de dire qu'elle m'avait tapé dans l'œil. Sans vouloir la ramener, c'était réciproque. L'affaire traînait depuis un certain temps déjà, si je comparais avec mes conquêtes habituelles, mais j'ai senti instantanément qu'elle avait décidé d'activer l'affaire ce matin même. Elle m'a fait signe de m'asseoir à côté d'elle.

– Ça va ?

– Et toi ?

– Hum… Oui, ça va…

En disant ça, elle s'est étirée d'une façon incroyablement sensuelle. Ses mains tournaient sur elles-mêmes pendant qu'elle penchait tendrement la tête, les yeux mi-clos. J'étais comme un fou. On aurait dit qu'elle jouissait. Soudain, elle s'est redressée et a planté son regard vert, souligné d'un léger trait de khôl, dans le mien. Puis elle a passé affectueusement sa main dans mes cheveux et m'a souri.

Elle a jeté un rapide coup d'œil vers la porte, qu'elle est allée fermer. Je me suis mis à penser à Claire et à Cathy, et je me suis senti comme une pucelle effarouchée. Elle s'est assise, a posé une de ses jambes sur les miennes et m'a embrassé. Je me suis laissé faire sans réaction. J'avais l'impression que Claire me regardait. D'accord, je ne devais rien faire pendant toute la durée de l'initiation de Cathy, mais l'initiation n'avait pas encore commencé, alors quoi ? J'avais envie de cette fille depuis des semaines, et voilà qu'elle était en train de se jeter sur moi, résultat de moult tentatives d'approche. J'étais presque détendu, quand j'ai soudain imaginé Cathy en train de se faire culbuter sur des cartons de riz complet dans sa boutique bio. Ça m'a ramolli instantanément.

– Qu'est-ce qu'il y a, Ben ? Un problème ?

– C'est juste qu'ici, je… je ne le sens pas trop.

– On peut se voir chez moi ce soir, si tu préfères ?

Cette perspective m'aurait rendu fou en temps normal, mais maintenant que j'étais cocu, ce n'était plus pareil.

Qu'est-ce qui m'arrive ? Qu'est-ce qui arrive à ma virilité ?

J'ai pris son numéro de portable et suis reparti tirer à vue sur un de ces films français stupides qui avaient sûrement reçu l'aide du CNC.

Le soir, pendant que je faisais l'amour avec Cathy, je me suis soudain souvenu de la phrase de Reich : « … lorsque tu fais l'amour à ta femme, sache que si ça n'avait pas été toi, ça aurait été un autre… » Ça m'a fait ramollir instantanément.

– Qu'est-ce qu'il y a, Ben ? Un problème ?

La semaine suivante, épuisé par mes luttes internes, je suis retourné chez Claire Montfort. Je sais ce que vous pensez. J'aurais dû fuir cette espèce de gourelle, mais je me sentais tellement mal que je n'avais plus le choix. Et puis elle m'avait provoqué, j'allais lui montrer de quel bois était fait Ben Portman.

Bonjour, je m'appelle Ben Portman et je suis dépressif. Réunion des DA. Non, pas des Directeurs artistiques, des Dépressifs anonymes. Je m'appelle Ben Portman et je tiens absolument à redevenir l'abruti que j'étais avant. Je me prépare pour le grand huit, l'ultime parcours. Le DAA. Dépressif-alcoolique-anonyme. À côté, L'Exorciste, *c'est un dessin animé. Tout ça à cause de la vodka-orange. C'est ma révolution à moi.*

Claire portait une robe noire moulante avec une large ceinture qui soulignait sa taille fine. Preuve de mon malaise, j'ai à peine regardé ses jambes, pourtant harmonieusement mises en valeur par un collant en dentelle et des escarpins vertigineux.

– Alors, comment va le grand Ben Portman ?

– Ça vous amuse, ce petit jeu ?

– Vous êtes le seul à penser qu'il s'agit d'un jeu.

Je me suis pris la tête entre les mains.

– Pourquoi moi, Claire ?

– Pardon ?

– Je vous ai fait du mal ? J'ai fait du mal à quelqu'un que vous connaissez ?

– Vous donnez dans le délire de persécution, maintenant ?

– Pourquoi vous m'avez dit que j'étais cocu ?

Elle a éclaté de rire, mais je ne voyais pas ce qu'il y avait de drôle.

– Je ne vous ai jamais dit ça, j'ai juste évoqué cette possibilité.

– Eh bien, vous n'auriez pas dû.

– Vous n'aviez jamais pensé que Cathy pouvait avoir envie d'aller voir ailleurs ?

– Non, jamais.

Elle a décroisé les jambes. J'y ai jeté un œil par pure conscience professionnelle.

– Et maintenant que vous y pensez ?

– J'ai envie de vous tuer. Vous devriez carrément me donner les coordonnées du type qui s'envoie Cathy, ce sera plus simple !

– Il serait intéressant de comprendre pourquoi vous ne pouvez pas imaginer que votre amie fasse quelque chose que vous faites vous-même. Vous ne croyez pas ?

J'étais accablé.

– OK, on récapitule. Depuis que j'ai croisé votre route, je débande en faisant l'amour à ma femme et je ne suis même plus capable de coucher avec une bombe atomique que je drague depuis des semaines. Je devrais peut-être songer à me la couper, pendant qu'on y est ! Je n'ai jamais que trente-cinq ans, elle ne devrait plus beaucoup me servir ! Je suis au plus bas, vous m'avez complètement retourné le cerveau. Docteur, je souffre !

– Je ne suis pas médecin, Ben. Je suis coach-thérapeute.

– Coach-thérapeute ? Mais ça ne veut rien dire ! Vous m'avez jeté un sort, j'en suis sûr.

– Vous êtes désorienté ? C'est bien fait pour vous. Vous mentez en permanence, à vous-même et aux autres.

– Exactement ! Et je veux que tout redevienne comme avant !

– Rien ne sera plus jamais comme avant. C'est trop tard.

– Mais je ne veux pas !

– Imaginer Cathy faisant l'amour avec un autre, ça vous a déstabilisé, ça vous a fait mal, ça vous a rendu jaloux ? Vous vous êtes senti rejeté et insignifiant ?

– Exactement.

– La jalousie est une forme de mort. On a le sentiment de disparaître.

– Mais je ne veux pas disparaître !

– Imaginons que vous disparaissiez. Et après ? La vie continue…

– Sans moi ? Mais c'est flippant !

– Vous vous croyez indispensable ?

– Bien sûr !

– Le seul moyen de ne plus avoir peur, c'est de s'y confronter. C'est le moment de prouver que vous avez… des couilles. Mais ce n'est peut-être pas le cas ?

J'ai été pris d'un hoquet bruyant.

– Vous continuez à me provoquer ?

– Parfaitement.

– Vous êtes complètement malade !

– Je parie que vous n'êtes pas capable de supporter que Cathy ait une autre relation.

Évidemment, ça m'a beaucoup énervé.

– Vous croyez ça ? Vous me prenez pour un lâche ? Je vais vous en donner, du lâche. Alors, je fais comment ? Je passe une annonce : « Cherche homme pour faire l'amour à la femme de ma vie afin de tester mon niveau de jalousie. Petits calibres s'abstenir. » C'est ça le projet ?

– Arrêtez de faire l'enfant. L'occasion vous est offerte d'être enfin vous-même, encore faut-il être capable de se regarder en face. Aujourd'hui, Cathy aime un monogame alors que vous êtes polygame. Qui aime-t-elle vraiment ? Vous vous êtes déjà posé la question ?

Ça m'a encore coûté cent euros.

« Qui aime-t-elle vraiment ? Vous vous êtes déjà posé la question ? »... « C'est le moment de prouver que vous avez des couilles »... « Je parie que vous n'êtes pas capable de supporter que Cathy ait une autre relation »...

Claire Montfort était en train d'atomiser les quelques neurones encore disponibles qui squattaient mon cerveau en réfection.

Pourquoi ne pas tout arrêter et reconnaître qu'elle avait été plus forte que moi ? Oui, j'avais cru pouvoir la séduire, non, ça n'avait pas marché. C'était si difficile à admettre ? Oui. Il était hors de question que je capitule. J'allais lui montrer. De toute façon, cocu pour cocu… Bon sang, je n'y avais jamais pensé avant, ça me rendait fou. Ce n'était pas seulement lié à Claire, c'était une affaire entre moi et moi.

Pourquoi je ne filerais pas mes cent euros à une lacanienne ou une freudienne qui se la fermerait pendant toute la séance, qui dormirait même peut-être ? Je serais confortablement installé dans un sofa moelleux pendant quinze ans minimum, à gémir et à me faire plaindre.

Je me suis arrêté devant une affiche placardée sur un kiosque à journaux. Un homme magnifique, tout en muscles, fixait l'objectif. J'ai senti la crise de panique monter. Non, Cathy ne peut pas me tromper avec un type comme ça, c'est impossible ! Une force a téléguidé mon cerveau et a exhumé de ma mémoire un certain nombre de pouffiasses avec lesquelles j'avais eu des aventures. Oui, d'accord, j'ai baisé avec des poufs, mais je suis un homme, c'est pas pareil ! Si, c'est pareil, OK. Cathy se tapera Monsieur Muscles si c'est ce qu'elle veut, mais qu'elle ne compte pas sur moi pour tenir la chandelle.

– 6 –

Le sexe masculin est ce qu'il y a de plus léger au monde, une simple pensée le soulève.

Frédéric Dard

Cathy est rentrée du travail en fredonnant, ignorant l'éreintant combat mental que je menais. Elle m'a trouvé installé devant une pile de magazines pour hommes.

– Rassure-toi, je ne suis pas devenu homo. Du moins pas encore.

Ce n'est peut-être qu'une question de temps.

– Je peux savoir ce que tu fais ?

– C'est pour le boulot. Un pote m'a demandé de lui trouver de la doc.

Je lui ai tendu la photo d'un type moyen, mince, sans grande envergure. J'avoue que ça m'aurait bien arrangé que ce soit son genre de mec.

– Tu le trouves comment ?

– Affreux.

J'ai choisi une autre photo.

– Et lui ?

– Pas mal. Je peux te laisser ranger les courses ? Jc voudrais faire ma séance de hatha-yoga.

Pendant que Cathy enfilait sa tenue de yoga, je me suis exécuté aussi vite que possible. Chaque fois que j'ouvrais les placards, j'avais un choc. Cathy ordonnait tout parfaitement. Pour ma part, je me contentais de fourrer le tout en vrac dans le placard.

J'ai tendu une nouvelle photo à Cathy, qui était en train de s'échauffer.

– Et lui ?

Elle a fait la grimace.

– Pas mon style.

– Mais c'est quoi ton style ?

Elle m'a fixé, ahurie, en effectuant une torsion du dos.

– C'est toi mon style.

– Bien sûr, mais je te parle d'autres hommes. Il va falloir que tu m'aides un peu, chérie, parce que tout seul, je ne vais pas y arriver !

Elle m'a regardé, la tête entre les genoux.

– De quoi tu parles ?

– J'essaie juste de mieux te connaître. Je me dis que je ne suis peut-être pas assez à ton écoute.

– Tu es à mon écoute, Ben. Je te le dirais si ce n'était pas le cas ! Une galette végétale à la sauce soja pour le dîner, ça te branche ?

J'ai acquiescé mollement. Je ne pouvais pas piffrer l'espèce de galette sous vide qu'elle faisait mariner dans une sauce au soja immonde. Kamikaze, je lui ai mis sous le nez la photo de Monsieur Muscles, celui que j'avais vu sur le kiosque à journaux.

– Et lui, il te plaît ?

– Tu plaisantes ?

Je l'ai prise dans mes bras et je l'ai soulevée de terre.

– Je t'adore, chérie.

Une bouffée de bonheur m'a envahi, mais la perspective du dîner bio m'a refroidi.

– Habille-toi, on sort !

– Maintenant ?

– Oui, maintenant ! On est jeunes, non ? Mets la robe que j'aime.

– Laquelle ?

– La rouge.

Elle est réapparue vingt minutes plus tard, vêtue de sa fameuse robe rouge. J'avais complètement oublié qu'elle était aussi décolletée. Ses cheveux clairs et ondulés tombaient sur ses épaules, elle avait maquillé ses yeux et sa bouche sensuelle, et ses formes étaient magnifiquement mises en valeur.

C'est sûr, je suis cocu avant la fin de la soirée…

– Qu'est-ce qu'il y a, Ben, ça ne va pas ?

J'ai cru entendre le rire moqueur de Claire Montfort.

– Si, très bien.

– On y va ?

Le dîner s'est bien passé, mis à part le fait que Cathy et sa robe rouge ont attiré tous les regards. Elle pouvait passer inaperçue, et d'un seul coup on ne voyait plus qu'elle. Elle devenait brusquement présente à elle-même, comme si le reste du temps elle n'était qu'à moitié incarnée. Au début, ça m'avait presque effrayé, ce magnétisme qui venait de nulle part et qui se révélait comme ça, sans prévenir. La première fois qu'il l'avait rencontrée, un de mes amis m'avait dit : « Nymphomane qui s'ignore. » Ça me revenait à l'esprit, maintenant. Et s'il avait raison ? Et si, en ouvrant la porte, je libérais la nymphomane qui sommeillait en elle ? Et si ça ne s'arrêtait plus ? Et si elle n'avait même plus le temps pour moi ? Et si je la perdais ? Et si je mourais ?

Pas de doute, Claire Montfort avait été envoyée pour me détruire. Un grand froid m'a soudain envahi. Désespéré, je me suis cramponné à la table. Je n'étais même pas d'humeur à jeter un regard à la horde de top models qui s'ébrouaient sur la piste.

– J'ai envie de danser. Tu viens avec moi ?

– Oui, chérie, mais pas tout de suite.

– Ça t'ennuie si je ne t'attends pas ? J'adore cette chanson !

– Bien sûr que non.

J'ai pris une troisième vodka-orange en regrettant qu'ils ne soient même pas fichus de presser de vraies oranges, vu le prix du verre. J'ai bu calmement, puis j'ai jeté un regard vers la piste, et ce que j'ai vu m'a laissé sans voix : Cathy était en train de danser, mais, le problème, c'était le Black baraqué qui dansait à côté d'elle en lui faisant des sourires carnassiers. Cathy m'avait complètement zappé, je n'existais plus. Le Black l'a prise par la taille et ils ont remué leurs bassins dans un mouvement parfaitement synchronisé, exactement comme s'ils avaient fait ça toute leur vie.

Je découvrais un aspect de Cathy que je ne connaissais pas. J'avais l'impression de regarder une parfaite inconnue alors que je vivais avec elle depuis quatre ans. Je repensais à ces phrases stupides, du genre : « Souvent femme varie, bien fol qui s'y fie », et je ne trouvais plus ça aussi stupide. Je me suis mis à élaborer, dans ma tête embrumée par la vodka et la jalousie, toutes sortes de théories visant à justifier l'oppression de la femme à travers les siècles. Je me mettais à trouver soudain tout à fait normal de les avoir considérées si longtemps comme des êtres inférieurs, et même de continuer à le faire.

La musique s'est arrêtée un court instant et j'ai cru qu'elle allait se souvenir qu'elle vivait avec un mec sympa qui répondait au doux nom de Ben Portman, qui lui avait offert la robe rouge à laquelle le balaise était pendu, son soutien-gorge, son string, et probablement ses chaussures à talons. Mais le DJ, que j'avais envie de découper en rondelles, a balancé un rap mortel. Le genre de morceau qui vous donne des vibrations partout dans le corps. Pendant que le MC crachait sa rage avec des accents sensuels, le Black et ma femme dansaient toujours collés-serrés. J'ai repris une vodka-orange et j'ai eu un accès de paranoïa. J'imaginais que les gens se tournaient vers moi en chuchotant. Ils devaient sûrement me plaindre, moi le pauvre Blanc dont la femme était en train de se faire emballer par un Black d'un mètre quatre-vingt-dix qui devait être membré façon *Guinness des records*. Je faisais face le plus dignement possible aux fantasmes populaires, mais je me sentais de plus en plus mal. J'étouffais, j'avais l'impression de mourir. J'ai ouvert les yeux, Cathy parlait à son étalon.

Ça y est, elle va venir me dire que c'est fini entre nous et qu'elle part vivre dans une case en Afrique.

Je l'ai vue mettre sa main sur l'épaule de son grand mâle. J'ai brutalement eu envie de crier, mais aucun son n'est sorti de ma bouche.

– Ça va, Ben ? Pourquoi tu n'es pas venu danser ?

J'étais incapable de bouger.

– Ben, ça va ?

– Pardon ?

– Ben ?

– Où est le Black ?

– Quel Black ?

Quel Black ?? Mais celui contre lequel tu t'es frottée pendant une heure, chérie !

– Celui avec lequel tu dansais…

– Ah, lui ? Je n'en sais rien !

Elle était parfaitement innocente en disant ça.

– On y va ?

J'étais sidéré. Elle avait eu une relation presque sexuelle sur la piste et elle n'en était même pas consciente. J'ai pensé à Claire. La jalousie m'avait vaincu, je me sentais minable. Bon perdant, j'ai décidé de quitter la scène la tête haute. J'ai fini ma vodka-orange et je me suis dirigé vers la sortie. Cathy a encore attiré quelques regards en partant, mais ça ne m'a rien fait du tout.

Même pas mal.

Arrivés à la maison, Cathy m'a entraîné dans la chambre, a retiré sa robe rouge et s'est jetée sur moi avec appétit. Je me suis senti comme un gros gâteau à la chantilly pendant qu'elle me chevauchait. Je ne l'avais jamais vue aussi excitée. Je me suis mis à repenser au Black pendant qu'elle se trémoussait.

– Tu penses à quelqu'un d'autre ?

C'est sorti comme ça. Elle s'est arrêtée net et m'a jeté un regard rempli de reproches.

– Pourquoi tu me dis ça ? Ça ne va pas ?

– Je ne sais pas... Je... je pensais que... Tu es tellement excitée !

– Et depuis quand j'ai besoin de penser à quelqu'un d'autre pour être excitée ?

J'ai eu envie de lui répondre : « Depuis que tu t'es frottée au Black sur la piste de danse », mais j'ai confusément senti que ça ne ferait qu'envenimer le débat.

– Excuse-moi, mon cœur.

J'ai tenté de l'embrasser, mais elle s'est dégagée, soudain terriblement lointaine. Ça m'a tellement énervé que je l'ai immobilisée en reprenant possession de son corps. Pendant que je lui faisais l'amour, je bannissais l'autre, le rival, le mieux membré. Je repoussais mon assassin. J'emmerdais la jalousie, l'Africain et Claire Montfort. Je faisais jouir ma femme.

Le lendemain, je me suis dirigé d'un pas triomphant vers le cabinet de Claire Montfort. Elle avait cru me déstabiliser ? Elle m'avait pris pour un minable ? Elle allait être déçue du voyage. Ben Portman ne s'était pas laissé humilier. Il avait pris les choses en main, il pouvait maintenant crier victoire. Et ce n'était pas une espèce de thérapeute à la sauce coaching qui allait perturber son équilibre.

J'en venais à regretter de ne pas avoir fait un pari avec Claire. Si j'étais capable de laisser Cathy aller avec un autre homme, la coach-thérapeute acceptait de se soumettre à mes désirs. Elle aurait moins fait sa maligne. Dorénavant, j'étais bien décidé à lui imposer mes conditions. Elle avait voulu jouer ? On allait jouer. Mais j'allais fixer moi-même les règles du jeu.

Elle m'a accueilli avec un sourire narquois. Décidément, il était temps que je la remette à sa place.

– J'ai laissé Cathy danser avec un type pendant toute une soirée. Ça vous étonne, hein ? Le petit macho lâche a du répondant, pas vrai ?

– Vous espérez quoi ? Un oscar pour avoir laissé Cathy danser ?

– Ne soyez pas mauvaise joueuse. J'ai gagné, reconnaissez-le.

– On ne s'est pas compris, Ben. Accepter que Cathy danse avec un autre homme, ça ne compte pas. Ça, n'importe quel crétin peut le faire. Moi, je vous parle d'accepter qu'elle ait des relations intimes avec un autre homme.

– Vous avez dit… des relations intimes ?

– On dirait que vous vous dégonflez.

– Bien sûr que non ! Vous me prenez pour qui ?

J'ai eu un éclair de lucidité et je me suis soudain vu au-dessus de moi-même. Ça m'a donné le vertige. J'étais perdu sur une planète immense où vivaient plus de sept milliards d'humains. Je n'étais rien, noyé dans tout ce magma.

Il faut que j'arrête de penser à ce genre de trucs. Qu'est-ce qu'il m'arrive ?

Claire m'observait comme une hyène guettant sa proie.

– Pauvre petit Ben qui a mal à son ego…

Elle me tournait en ridicule, c'était intolérable.

– Curieusement, vous êtes au bord de l'évanouissement dès qu'on aborde l'intimité de Cathy.

– C'est faux. Je réfléchis, c'est tout.

– Il est grand temps que vous vous débarrassiez de votre ancien moi et que vous vous transformiez.

– Vous voulez dire que mes oreilles vont se mettre à pousser ?

– Je ne vois pas ce qui pourrait pousser d'autre. Votre petit ego de mâle vient de découvrir que celle sur laquelle il pensait avoir du pouvoir est capable de s'émanciper. Lorsqu'elle dansait avec cet homme, vous ne la contrôliez plus. Et ça, vous ne le supportez pas.

– C'est faux ! Si ça continue, je vais tout arrêter, l'inconscient, le bien-être, l'œdipe, tout !

– J'en étais sûre. À la première difficulté, il n'y a plus personne.

J'ai senti la panique m'engloutir.

– Si vous n'affrontez pas vos démons maintenant, ils resurgiront au moment où vous ne vous y attendrez pas. Pendant combien de temps voulez-vous continuer à faire semblant de ne rien voir ?

– Voir quoi ?

– Que vous avez la trouille.

– C’est faux, je n’ai pas la trouille !

– Alors, prouvez-le !

Je me suis pris la tête dans les mains. Mes neurones faisaient le grand huit dans mon cerveau. J’étais atomisé.

Claire : 3, Ben : 0.

– 7 –

Les hommes sont des femmes comme les autres.

Groucho MARX

Quand je suis rentré, Cathy était dans la salle de bains. Elle s'est tournée vers moi, armée de son mascara méga-recourbant-effet-faux-cils.

– Ben, je ne suis plus trop sûre de vouloir y aller.

Nous étions invités à la pendaison de crémaillère d'Anna, sa meilleure amie, qui vivait avec un trader que j'appelais Bonus, rapport à la crise financière. Cerise sur le gâteau, l'ex de Cathy nous honorerait de sa présence, vu qu'il était ami avec Bonus. Son ex qu'elle n'avait pas revu depuis quatre ans, soit pile depuis qu'on était ensemble. Elle était restée deux ans avec lui. Deux ans de souffrance atroce, il n'arrêtait pas de la tromper. Je me souviens que, le soir où j'ai rencontré Cathy, elle pleurait sur la terrasse de l'appartement d'un de mes amis, parce que Antonin l'avait plantée là pour partir avec une belle blonde dont il venait à peine de faire la connaissance. Guidé par le bruit des sanglots, je m'étais retrouvé face à une magnifique brune aux cheveux longs, en proie à un insurmontable chagrin. Quand elle avait levé dans ma direction ses yeux bleus noyés de larmes, j'étais déjà en train de tomber amoureux. Ce que j'avais fait pour la séduire ? Je ne lui avais pas demandé pourquoi elle pleurait, je lui avais juste tendu un paquet de Kleenex que j'avais acheté la veille après avoir renversé de la vodka sur mon pantalon. J'avais pesté une bonne partie de la journée, en me demandant pourquoi ma vodka s'était renversée. J'avais finalement obtenu la réponse : pour séduire Cathy. Une fois ses yeux revenus à un niveau d'humidité normal, je lui avais dit un truc du genre : « Belle soirée, non ? », et je l'avais fait rire pendant une bonne heure. Croyez-le ou non, mais je suis assez drôle, comme mec. Ça m'a pris cinq mois pour l'arracher des griffes d'Antonin.

Il faut avouer qu'Antonin est sublime dans le genre gosse de riches qui se prend pour Jim Morrison. Son succès avec les femmes est presque légendaire. Il avait appris sur le tard que son père était homo, et ça lui avait posé beaucoup de problèmes. J'avais toujours pensé qu'il aurait dû se faire sodomiser une bonne fois pour toutes. C'était la seule chance qu'il avait de régler ses problèmes d'identité. Mais c'était trop profond, si j'ose dire.

Cathy était dans un état bizarre depuis qu'elle avait appris qu'il serait là. J'étais sûr qu'il allait tenter quelque chose avec elle. On aurait été open, on aurait réglé ça entre adultes, mais comme on était deux machos, il fallait trouver une troisième voie, et elle s'appelait Cathy.

– On devrait rester là, Ben.

Sadique, j'ai pris un air étonné.

– Mais pourquoi, mon amour ?

– Je ne sais pas, je ne la sens pas cette soirée… Et puis, il y aura Antonin…

– Et alors ?

J'avais dit ça d'un ton tellement détaché que Cathy m'a regardé en se demandant si j'étais Gandhi, ou un malade mental.

– Cathy, tu l'as aimé, oui ou non ?

– Oui, mais ce n'est pas la question !

– Mais si, c'est la question ! Tu vas revoir quelqu'un que tu as aimé, ça va te faire plaisir, et tout va bien !

– Et toi, ça ne te fait rien que…

– Que tu le revoies ? Mais non.

J'avalerai juste une boîte de somnifères en rentrant…

– Tu t'en fous, quoi !

– Mais pas du tout, je ne m'en fous pas ! Simplement, que veux-tu que je fasse ? Que je te supplie de ne pas y aller ?

– Ce n'est pas ce que je voulais dire…

– Chérie, Antonin est un pervers. Il va te faire son numéro et te draguer. Il n'a pas supporté que tu le quittes pour moi.

– Pourquoi tu penses qu'il va me draguer ?

Je lisais en elle comme dans un livre ouvert. La clairvoyance de Claire était-elle contagieuse ? Je savais qu'elle me posait cette question parce qu'elle avait envie qu'Antonin la drague. Même si elle était sûre de ne pas donner suite. Les femmes aiment bien avoir leur petite cour d'admirateurs. Ça leur donne l'illusion d'être le centre du monde. J'avais intérêt à passer la soirée en compagnie d'une bouteille de vodka, parce qu'à côté de ce qui m'attendait, la sortie en boîte de l'autre soir, c'était de la rigolade…

J'ai décidé d'enfoncer le clou, estimant qu'une femme avertie en vaut deux.

– Il va te draguer pour voir s'il peut te récupérer.

– Mais il ne peut pas, et tu le sais très bien.

– Je n'en sais rien, et lui non plus.

– Comment ça, tu n'en sais rien ? Tu n'as pas confiance en moi ?

– Finis de te préparer, chérie, on va être en retard.

– Ben, tu as confiance en moi ?

– Et toi, tu as confiance en toi ?

Elle m'a regardé m'éloigner, étonnée par ma réponse. Elle a posé une énième couche de mascara, et nous sommes sortis dans une tension palpable.

La soirée avait lieu dans le nouveau loft d'Anna et Bonus. C'était un bel endroit. Décor bobo en cours de finition et terrasse d'enfer au cinquième étage. Au moins, j'étais sûr de ne pas me rater si les choses tournaient mal. Bonus m'a fait la bise.

– Ça me fait plaisir que tu sois venu, Ben.

Son sourire hypocrite m'est allé droit au cœur. Je me suis penché vers Cathy.

– Bonus a l'air en forme ce soir. Remarque, lui, du moment qu'il étale son blé…

Elle m'a jeté un regard réprobateur, avant de se jeter dans les bras d'Anna.

– Anna, tu es magnifique. Cette tenue te va à merveille.

– C'est une folie de la nouvelle collection Prada…

Elles ont papoté quelques minutes, puis plusieurs amis de Cathy se sont regroupés autour d'elles et ont égrené joyeusement des souvenirs qui ne me concernaient pas. Je me suis dirigé vers la table qui faisait office de bar.

Pourvu qu'il y ait de la vodka-orange…

Après quelques investigations poussées, j'ai découvert une bouteille derrière la table. Je m'en suis servi une bonne rasade, avec du jus d'orange. Antonin n'était pas là. Très fort. Il allait arriver à la fin de la soirée, peut-être même qu'il ne viendrait pas du tout. Il était en train de créer le besoin. D'ailleurs, Cathy l'avait cherché des yeux dès qu'elle était entrée. Elle regardait un peu partout pendant qu'elle parlait avec ses amis. Je savais qu'elle était déçue et triste qu'il ne soit pas là. Il devait s'en douter. Il apparaîtrait probablement au moment où elle ne s'y attendrait plus. Je me suis resservi un verre. Je me sentais mal parmi ces représentants de la gauche caviar, le genre de personnes qui prétendent adorer les quartiers populaires, mais qui vivent dans des lofts de deux cent cinquante mètres carrés. Ils me faisaient gerber. Je me concentrai sur la gent féminine, histoire de fixer mon attention sur quelque chose. Le visage de Cathy a changé de couleur, j'ai cru qu'Antonin était arrivé, mais ma dulcinée avait les yeux fixés sur une très belle blonde. Elle portait un petit haut rouge et un jean sur lequel elle avait noué une ceinture qui tombait joliment sur le côté. Elle était craquante.

– J'étais sûre que cette garce serait là !

– C'est qui ?

– Natasha.

La fameuse Natasha ! Je l'ai regardée avec insistance. Elle avait eu le mauvais goût d'avoir une liaison avec Antonin pendant qu'il était encore avec Cathy. Le fameux soir de notre rencontre, Cathy pleurait parce qu'il était parti avec cette Natasha, justement. Elle a fait un petit signe dans sa direction, mais Cathy a tourné la tête sans répondre et s'est éloignée. La blonde incendiaire a croisé mon regard et m'a fait un sourire. Décidément, elle me plaisait beaucoup.

J'ai vu Cathy seule sur la terrasse, les yeux dans le vide. J'ai repris un peu de vodka-orange et l'ai rejointe.

– Tout va bien ?

Elle m'a souri tristement, a attrapé mon verre de vodka et l'a vidé d'un trait.

– Qu'est-ce qui se passe, Cat ?

Je connaissais déjà la réponse. Elle était venue pour voir Antonin – même si elle aurait préféré crever plutôt que de l'avouer – et il n'était pas venu. Je m'apprêtais à prononcer son oraison funèbre, lorsqu'il s'est avancé, crinière blonde, démarche assurée, l'air radieux. Cathy lui tournait le dos.

– Bonsoir, ma Cathy.

Son visage s'est figé, comme si elle avait reçu un coup au cœur. Elle s'est tournée vers lui en tremblant avec un sourire crispé et elle l'a vu dans toute sa splendeur. Il était tellement beau que même moi j'allais tomber amoureux si je n'y prenais pas garde. Heureusement, une grande pétasse blonde aux cheveux longs, le genre mannequin à plein temps, s'est approchée et a mis ses bras autour de son cou.

Ouf, je suis hétéro.

Cathy a toisé le top model.

– Tu vas bien ?

L'enfoiré ! Il avait dit ça à Cathy d'une voix douce, caressante. Ça l'a déstabilisée, elle s'est mise à bredouiller.

– Bi... bien... Et toi ?

Le blaireau ne m'avait pas encore jeté un regard. J'en ai conclu qu'il ne s'était pas encore fait sodomiser et que notre ancienne rivalité était toujours d'actualité. Quand, enfin, il s'est décidé à se souvenir que j'existais, il m'a décoché un sourire moqueur.

– Tu es là, toi ?

– Comme tu peux le voir.

– Vous êtes toujours ensemble ?

– Quelle perspicacité !

J'ai désigné le top model pendu à son cou.

– Et vous, ça roule ?

– Nous, on s'aime d'amour, a dit Antonin en fixant Cathy, comme si ces quelques mots étaient une spéciale dédicace à son intention.

Tête de nœud !

J'ai décidé de me saborder moi-même et, dans un élan masochiste, je me suis entendu proposer au mannequin de venir chercher à boire avec moi, ce qui revenait à laisser Cathy seule avec Antonin. La cruche blonde a refusé du bout des lèvres en me toisant du genre « *You are not good looking enough for me* », mais Antonin lui a fait signe d'obéir et elle a obtempéré de mauvaise grâce. Cathy m'a jeté un regard affolé, un peu comme un animal pris au piège, mais je ne pouvais pas faire grand-chose pour elle. Pendant que je m'éloignais avec la gravure de mode, j'ai entendu la voix caressante d'Antonin. Je ne devais pas y penser. J'ai proposé un verre à Miss Monde, mais elle m'a dit avec un accent américain très tendance :

– Je bois seulement du *champaign*.

– Dans ce cas-là, démerde-toi, pouffiasse !

Je l'ai plantée là et j'ai regardé Natasha onduler avec grâce. Même si je refusais de me l'avouer, je souffrais. La femme que j'aimais était en train de se faire draguer par son ex, et elle ne demandait que ça. Le truc, c'est qu'elle n'en était même pas consciente. Donc, si je suivais l'un des raisonnements de Claire Montfort, il y avait danger potentiel.

Oui, je souffrais, et après ? J'entendais la voix de Claire : « Si elle se fait manipuler et qu'elle vous laisse tomber, c'est que ça n'était pas réel entre vous. » Super, ravi de l'apprendre ! Ce n'était pas réel entre nous ! Ça me fera une belle jambe quand j'aurai avalé mes deux boîtes de Lexomil.

J'avais chaud, la soirée s'éternisait. Je priais pour que la Gisele Bündchen de service s'impatiente et rappelle Antonin à l'ordre, mais elle dansait comme une folle et n'avait pas l'air pressée. Une fois de plus, je ne pouvais compter que sur moi-même.

Je me suis approché de la terrasse pour entendre un peu de la conversation de Cathy et d'Antonin. Ça devait être passionnant pour durer aussi longtemps. Ce que j'ai entendu a confirmé mes pires craintes.

– … Quand je pense que tu m'as quitté pour ce mec !

– Arrête !

– Ben ne te mérite pas, Cathy. Je ne comprends pas ce que tu fais avec lui.

– Arrête de dire ça !

Il s'est rapproché d'elle et lui a effleuré l'intérieur du bras, avec l'assurance du mâle en train d'acculer sa proie. Cathy se laissait faire, comme hypnotisée. Claire Montfort ou pas Claire Montfort, je me suis interposé.

– Ça ne va pas, Antonin ? Tu te sens seul en ce moment ?

– Reste en dehors de ça, connard !

– Tu as l'air à cran. Qu'est-ce qui se passe ? Ton top model suce mal ? Tu es en manque ? Tu devrais te faire sodomiser une bonne fois pour toutes, ça t'aiderait à régler ton problème avec ton papa.

Il était visiblement toujours en froid avec son géniteur, parce qu'il s'est jeté sur moi et m'a balancé un violent coup de poing sur l'arcade sourcilière droite. Je me suis mis à pisser le sang. Ça m'a énervé, et mon poing s'est écrasé sur son joli nez bien droit.

Cathy nous a crié d'arrêter de nous battre, avant d'être entraînée au loin par Anna. Antonin s'est jeté sur moi pour me tuer, j'imagine, mais il en a été empêché de justesse par Bonus, à son corps défendant. Le top model m'a jeté un regard dégoûté, et a entraîné Antonin loin de moi.

Natasha s'est avancée vers moi.

– Je suis ravie que tu l'aies corrigé, ce petit con. C'est tout ce qu'il mérite.

– Tu le connais bien, j'imagine ?

– Oh oui !

Elle m'a tendu une main douce mais ferme.

– Natasha Kaminka.

– Ukrainienne ?

– Oui.

– Et toi, tu t'appelles ?

– Ben. Ben Portman.

– Alors, à bientôt, Ben Portman.

Elle s'est éloignée, moulée dans son jean, la frange de sa ceinture ondulant le long de sa cuisse gauche. Mon arcade pissait le sang, j'en ai profité pour salir avec application le magnifique plancher en bois du loft de Bonus. J'espérais bien ne jamais être réinvité.

Au retour, j'ai laissé Cathy conduire. Elle est restée silencieuse pendant tout le trajet, mais quand on est arrivés à la maison, elle a explosé.

– Tu es complètement fou, Ben ! Te battre comme ça, chez mes meilleurs amis. Mais enfin, tu as quel âge ?

– …

– Bon sang, qu'est-ce qui t'a pris ?

– Et toi, qu'est-ce qui t'a pris ?

– De quoi tu parles ?

– Antonin m'a traité comme une merde, et tu n'as pas bronché. Je vous ai laissés seuls et, au lieu de réagir, tu es restée là à te faire embobiner.

– Tu n'étais pas là, tu n'as même pas entendu ce qu'il m'a dit.

– J'en ai assez entendu, sur le mode : « Qu'est-ce que tu fais avec ce mec ? » Tu n'as même pas répondu !

Tu t'es laissé toucher le bras, et ça t'a fait frissonner, même !

– C'est faux.

– Tu oses dire que tu n'as rien ressenti ?

– Ça m'a simplement fait drôle de le revoir. Je te signale quand même qu'on a vécu des choses ensemble.

– Ça ne me dérange pas que tu aies envie de lui. Je te demande juste d'assumer.

– Mais je n'ai pas du tout envie de lui !

– Si ! Et il l'a senti. C'est pour ça qu'il t'a sorti le grand jeu. Si tu en avais eu conscience dès le début de la soirée, tu aurais été plus forte que lui. Et moi, je me serais peut-être tapé un top model.

– S'il n'y a que ça pour te faire plaisir !

– Je plaisante ! Pourquoi tu n'avoues pas ?

– Parce que ce n'est pas si simple !

– Si, justement ! Tu as envie ou tu n'as pas envie, indépendamment de tout ce que tu crois impossible de vivre. Je ne suis pas ton ennemi, bon sang ! Si tu as des envies, je veux le savoir. Je veux t'aider à vivre tes fantasmes.

– Mais pourquoi tu parles comme ça ? Mes fantasmes, je les vis avec toi, Ben !

– La preuve que non !

Elle était au bord des larmes.

– Tu veux qu'on se sépare, c'est ça ?

– Pas du tout, Cat, au contraire.

– Alors pourquoi tu me dis que tu veux que je vive mes fantasmes ?

– Parce que je t'aime. Si tu as des désirs, je peux les entendre.

– Et toi aussi, tu as des désirs ?

– Ça peut m'arriver.

– Ah bon, et depuis quand ? Tu fais l'amour ailleurs, c'est ça ?

– Mais arrête ! J'ai juste dit que c'était normal d'avoir des pulsions et qu'on est sûrement assez forts et assez amoureux l'un de l'autre pour intégrer cette réalité.

– Et depuis quand tu crois ça ? C'est nouveau ?

– Disons que j'ai pas mal réfléchi ces derniers temps.

– C'est ta psy primale, c'est ça ?

– Arrête, Cathy. Je suis en train de piger des choses.

– Ah oui ? Et quelles choses ?

– J'essaie de te faire prendre conscience que l'autre soir, en boîte, tu as eu envie du Black, et que ce soir, tu as eu envie d'Antonin. Que ça te plaise ou non, que ça me plaise ou non, c'est la vérité. Si tu n'es pas capable de prendre conscience de ça, c'est grave. Parce que ça veut dire que tu as un inconscient sexuel total.

– Mais qu'est-ce que tu me fais, là, à me parler d'inconscient sexuel, alors que tu as lu trois bouquins dans ta vie ? Tu me fais un cours de psy ?

– Pardon, j'oubliais que Madame a bac plus trois !

– Va te faire foutre, Ben !

– Toi, va te faire foutre ! Et c'est à prendre au premier degré !

Elle a claqué la porte de la chambre, me signifiant par ce geste amical que je pouvais me brosser pour dormir avec elle. Je me suis observé un instant dans le miroir de la salle de bains et, malgré mon visage gonflé et sanguinolent, ce que j'ai vu m'a rendu plutôt fier de moi. J'avais affronté Antonin, je l'avais laissé seul avec Cathy, je m'étais battu, et je venais de balancer ses quatre vérités à Cathy. Pas mal pour une seule et même soirée ! Claire Montfort pouvait toujours la ramener, je n'étais pas si minable. Je me suis jeté sur le divan du salon et je me suis endormi en pensant à Natasha Kaminka.

Time after time.

– 8 –

Le sexe apaise les tensions. L'amour les provoque.

Woody ALLEN

Est-ce qu'aimer, c'est posséder ? Et est-ce qu'on a besoin de posséder quelqu'un juste parce qu'on a peur d'être seul ? C'est tellement difficile de partager. On n'aime pas ça, on préfère tout garder pour nous, la nourriture, l'argent, la femme. On garde notre steak. Pas question qu'un autre y touche. Et encore, je vivais en Occident. Dans d'autres pays, le partage de la terre était déjà difficile, alors celui de la femme, il valait mieux ne pas en parler ! On risquait sa vie rien qu'en évoquant cette question. Pourtant, c'était peut-être une solution diplomatique à prendre en considération pour le futur. Après tout, cette expérience n'avait jamais été tentée à l'échelle d'une nation.

Je me demandais comment j'allais rattraper le coup avec Cathy. Elle était partie au magasin très tôt ce matin-là, je ne l'avais même pas vue. Qu'est-ce que j'étais censé faire ? Jouer du banjo devant sa boutique bio en attendant qu'un voisin me dégomme à la carabine ? Lui offrir un bouquet de fleurs histoire de me la jouer romantique ? Vu les propos que je lui avais tenus, je craignais fort que « romantisme » soit un mot à rayer définitivement de mon vocabulaire. L'emmener dîner ? Pour que ça finisse en boîte et que je la retrouve collée à un beau gosse ? Non merci. Alors quoi ?

J'ai opté pour l'option la plus simple : un dîner à la maison. Je suis allé acheter des sushis parce que je savais qu'elle adorait ça. Personnellement, je ne pouvais pas supporter le poisson cru, je trouvais ça franchement répugnant, mais j'étais prêt à en bouffer une barquette entière pour me réconcilier avec elle.

En rentrant des courses, j'ai trouvé l'appartement plongé dans un silence terrifiant. Mon mental s'est emballé, je n'arrivais plus à respirer. Et si Cathy était partie ? Je suis allé dans la chambre vérifier que ses affaires étaient toujours en place. Tout était là, ses vêtements et son maquillage. Ça m'a rassuré, parce que je savais qu'elle ne s'en irait jamais sans emporter son maquillage. Cathy était « maquillophile », elle était incapable de vivre sans ses dix fonds de teint sans paraben et ses quatorze blushs bio. Soulagé, j'ai pris une douche chaude et j'ai enfilé un pantalon en lin beige top classe et un tee-shirt assorti que Cathy aimait bien.

J'ai mis la table en disposant des bougies un peu partout, histoire de créer une ambiance détendue. Je me suis servi une vodka-orange et j'ai avalé des tranches de pain beurré, parce que la perspective des sushis n'était pas très réjouissante. Je me suis assis sur le canapé avec ma vodka, et je me suis mis à penser à Natasha. J'avais bien l'intention de retrouver sa trace.

– Ben, réveille-toi !

J'ai ouvert les yeux, Cathy était penchée sur moi. J'ai regardé autour de moi : les bougies avaient fondu, et la vision des sushis disposés sur la table m'a donné la nausée. Je lui ai demandé si elle avait mangé.

– Non, je n'ai pas faim.

Elle semblait triste.

– Mais je t'ai acheté des sushis !

Elle m'a regardé avec intensité.

– Ben…

– Qu'est-ce qu'il y a ?

– Je t'aime.

Je suis resté un instant interloqué. J'étais sûr de devoir parlementer des heures en compagnie d'un plateau de sushis avant de pouvoir la toucher. J'ai fermé les yeux, elle a frotté sa joue contre la mienne. Elle était d'une douceur incroyable. Ses cheveux balayaient mon visage, ils sentaient la vanille. Je me suis laissé aller. J'avais été tellement sous pression ces derniers temps que j'avais envie de pleurer.

– Ben, je voudrais savoir…

– Quoi ?

– Ce que tu as dit à propos de mes désirs…

Elle parlait dans un souffle, toujours collée à moi. Ce qu'elle disait était à peine audible.

– Quand tu as dit que tu pouvais accepter que je désire un autre homme…

– Oui…

– Tu as envie que je fasse l'amour avec d'autres hommes ?

– Et toi, tu en as envie ?

– Mais Ben… tu… tu ne serais pas jaloux ?

– Je serais fou de jalousie, mais en même temps, je serais heureux que tu aies du plaisir avec un autre homme.

– Mais… si ça arrivait, tu voudrais encore de moi ?

– Ne dis pas n'importe quoi, Cathy. Je t'aime, tu ne comprends pas ça ?

Et toc, Claire Montfort, prends ça dans les dents.

On a fait l'amour et on a fini par s'endormir sur le canapé. Le froid nous a réveillés vers 5 heures du matin. On s'est mis au lit en riant comme des gamins.

– Ben ?

– Oui ?

– Je t'aime. Tu es l'homme de ma vie.

Elle s'est tournée et s'est endormie immédiatement.

« Tu es l'homme de ma vie. » Je sais que ces quelques mots auraient dû me faire plaisir, mais, au lieu de ça, ils ont réveillé en moi une angoisse sourde. Est-ce que Cathy me dira toujours ça quand elle aura fait l'amour avec d'autres hommes ? Et quand moi j'aurai fait l'amour avec d'autres femmes et le lui aurai dit ? J'ai senti venir la crise de panique. Je me suis accroché au drap en gémissant comme une biche blessée. Après une heure et demie de lutte intense, j'ai fini par m'endormir d'un sommeil lourd et sans rêves.

– 9 –

Le plus lourd fardeau, c'est d'exister sans vivre.

Victor Hugo

Le lendemain, on a eu droit à un dimanche gris et morne. Typiquement le genre de jour où on n'a qu'une envie : rester chez soi. Seulement voilà, c'était l'anniversaire de la mère de Cathy, et on devait se traîner jusqu'à Marne-la-Vallée. Rien que d'y penser, j'avais un trou cosmique.

On a pris la voiture comme tous les blaireaux du dimanche. Il ne manquait plus qu'un chien et un enfant, et je pouvais me mettre une balle dans la tête. Sur le chemin, j'ai regardé les gens qui revenaient de la messe, ou qui allaient manger en famille, et je me suis demandé pourquoi ils avaient l'air aussi heureux, alors que moi, les dimanches en famille m'angoissaient à mort.

J'ai garé la voiture devant le pavillon des parents de Cathy. Hélène, sa mère, est venue à notre rencontre. C'était une jolie femme, très coquette, qui supportait manifestement assez mal de vieillir, vu comment elle s'habillait. Elle avait toujours besoin d'attirer l'attention, c'était assez pénible. Antoine, le père de Cathy, était un bel homme soigné et élégant, mais je n'avais strictement rien à lui dire.

– Ben, je te sers un petit montrachet 89 ?

Je n'y connaissais rien en vin, mais j'ai acquiescé en prenant un air concerné.

Antoine a porté un toast à sa femme.

– À toi, ma chérie, et à ton idyllique maison du bonheur.

Puis il s'est tourné vers moi.

– *Lehaïm* ! C'est comme ça qu'on dit chez vous, non ?

Je lui ai adressé un sourire forcé. Au moment du dessert, Hélène s'est levée et m'a entraîné avec elle.

– J'emmène Ben avec moi !

Une fois en cuisine, Hélène s'est tournée vers moi.

– Ben, comment tu me trouves ?

– Pardon ?

– Tu me trouves excitante ?

– Euh… oui, bien sûr…

– Tu coucherais avec moi ?

– Pardon ?

Elle a déboutonné sa chemise, dévoilant sa lingerie en dentelle. Je me suis forcé à m'arracher à cette contemplation en regardant autour de moi pour voir s'il y avait des caméras de surveillance.

– Tu ferais l'amour avec moi, Ben ?

– Heu… Vous êtes charmante, mais… Hélène, vous êtes la mère de la femme que j'aime…

Les autres commençaient à s'impatienter.

– On arrive dans cinq minutes !

– Je suis désolée, mais je n'en peux plus. Ça fait des années qu'Antoine ne me touche plus. Et il a des maîtresses… Je ne sais pas quoi faire, je n'en peux plus.

– Allons, ça va s'arranger, ne vous inquiétez pas.

Son mascara menaçait de couler sur ses joues, il fallait qu'elle se reprenne en main.

– Allez, Hélène, passez-vous un peu d'eau sur le visage. Aujourd'hui, c'est la fête !

Elle m'a fait un sourire triste et s'est redonné une contenance.

– Cathy a tellement de chance d'être avec un type comme toi.

Je regrettais vraiment que Claire Montfort ne soit pas là pour entendre ça, ça lui aurait fait les pattes.

– Je suis désolée, Ben… Promets-moi que tout ça restera entre nous…

– Bien sûr !

Hélène a pris les assiettes à dessert et est retournée dans le salon en souriant, comme s'il ne s'était rien passé. Cathy s'est tournée vers elle, étonnée.

– Mais qu'est-ce que vous faisiez ?

– Dis donc, j'ai bien le droit d'avoir des petits secrets avec mon futur beau-fils !

Cathy m'a lancé un regard interrogateur, que j'ai soigneusement évité en m'absorbant dans la contemplation du gâteau.

Hélène était ravie avec tous ses cadeaux, mais je commençais à trouver le temps long. Je me suis imaginé dans vingt ans, avec Cathy et deux gosses dans un pavillon de banlieue, et ça m'a donné envie de me droguer.

Sur le chemin du retour, j'ai décidé d'enfoncer le clou. Claire Montfort n'avait qu'à bien se tenir.

– Cathy… Tu réagirais comment si je te disais que j'avais envie de faire l'amour avec une autre femme ?

Elle s'est tournée vers moi, blême.

– Tu… tu as une maîtresse ?

– Je ne t'ai pas dit que j'avais une maîtresse, je t'ai demandé comment tu réagirais si j'avais un jour du désir pour une autre femme ?

Elle m'a regardé sans réaction, comme si la question était hors sujet.

– Mais je ne le supporterais pas, Ben !

– Pourquoi ?

– Parce qu'on est ensemble !

– Et alors ? Être avec quelqu'un signifie forcément pour toi renoncer à toutes les autres personnes ? C'est quoi le couple, une prison ? Une forteresse ? On y entre, et c'est fini, on jette la clé ?

– Mais enfin, Ben, c'est…

– En admettant que ça arrive un jour, c'est de la pure simulation : je tombe sur une fille qui me fait craquer, j'ai envie d'elle, je te le dis. Comment tu réagis ?

– Je refuserais, je…

– Ça veut dire quoi « je refuserais » ?

– Ça veut dire que je souffrirais trop, Ben. C'est impossible ! Pourquoi tu me parles de ça ?

– Pourquoi tu souffrirais ?

– Parce que je t'aime !

– Mais si tu m'aimais vraiment, tu serais heureuse que je désire quelqu'un et que j'aie du plaisir, tu ne crois pas ? Est-ce que castrer le désir de quelqu'un signifie qu'on l'aime ?

– Il ne s'agit pas de castrer le désir…

– Alors il s'agit de quoi ?

– D'une conception de l'amour et du bonheur !

– Mais quel bonheur, Cathy ? Tu les as vus tous ces morts vivants qui rentrent du boulot avec leur attaché-case pour rejoindre leur femme qu'ils ne désirent plus depuis quinze ans ? Tu les as vus tous ces vieux couples qui n'ont plus rien à se dire et qui ne font même plus l'amour tellement ils sont habitués l'un à l'autre ? Et ceux qui passent leur vie à mentir… Je ne veux pas de cette vie-là. De quoi on a peur ?

– Mais Ben, tu passes d'un extrême à l'autre. Il y a aussi des gens qui sont très heureux, même après des années de vie commune !

– Ah bon ? Tu en connais, toi ?

– Oui !

– Tu peux me citer des noms ?

– Bien sûr ! Mes parents, par exemple !

– Tes parents ?

– Oui, mes parents !

– Ils sont heureux, ils s'éclatent sexuellement, et ta mère est épanouie ?

– Quoi, ma mère ? Bien sûr qu'elle est épanouie !

– Tu vois, moi, je ne dirais pas ça !

– Laisse tomber, Ben. Je n'ai aucune envie de parler de mes parents avec toi, de toute façon. Si tu es incapable de trouver un équilibre, je me demande vraiment ce qu'on fait ensemble !

– Mais qu'est-ce que tu racontes ? Parce que toi, tu es équilibrée peut-être ?

– Oui !

– Donc, je te rends heureuse ?

– Oui. Sauf en ce moment.

– J'aimerais que tu saches que, contrairement à toi, si tu désirais vraiment un autre homme que moi, je le comprendrais, ça me ferait plaisir, et même je ferais tout pour t'aider.

Là, au moins, les choses étaient claires, on ne tournait plus autour du pot. Claire Montfort allait bientôt moins faire sa maligne. D'une certaine manière, ça fait du bien de dire ce genre de choses à la femme qu'on aime.

On dirait bien que je suis en train d'accepter « ma part de féminité », pas vrai, Claire Montfort ?

Cathy m'a regardé, stupéfaite. Un début de crise d'angoisse a fait son apparition. J'ai eu envie de remettre le DVD sur « menu » pour choisir un autre chapitre, mais c'était trop tard. Plus moyen de se dégonfler.

– 10 –

Je suis pour l'égalité des sexes.
Je prendrai moi-même les mesures.

Thierry LE LURON

Cathy avait bien l'intention de me prendre au mot. J'avais prétendu ignorer les tourments de la jalousie, elle allait tout faire pour juger sur pièces. J'imagine qu'elle se disait que j'étais incapable d'aller jusqu'au bout, et que je la supplierais d'arrêter. Ce qu'elle ignorait, c'est que ce qu'elle considérait comme une folie était né d'un défi stupide et devenait chaque jour plus important pour moi. Peut-être que Claire Montfort avait raison et que j'étais vraiment en train d'essayer de régler mon problème. Cathy ne savait pas que je tentais de résoudre l'équation complexe du mensonge, et que ce qui me semblait impossible il y a encore très peu de temps me paraissait maintenant à portée de main. Que de la réussite de cette expérience dépendait mon avenir et, en quelque sorte, toute ma vie. Car quelle serait ma terre d'asile si j'échouais à accepter sa multiplicité tout en ne pouvant pas continuer à lui mentir ? Que me resterait-il comme choix, à part réprimer mes désirs, terrifié à l'idée d'y céder ou de devoir lui révéler une vérité qu'elle ne tolérerait pas ?

Claire pensait que j'étais un petit macho lâche ? J'étais plutôt un précurseur. Je tentais de briser un tabou, car la société judéo-chrétienne dans laquelle j'évoluais cherchait encore à nous faire croire à la fidélité. Les magazines féminins regorgeaient d'articles sur le sujet, plaignant les femmes victimes d'hommes infidèles, leur conseillant d'être plus sexy, ou d'en faire autant, sans, bien sûr, le dire. La morale officielle avait décidé qu'on ne devait aimer qu'une seule personne. Le reste était classé dans les « tentations ». Je ne trouvais pas trace de la vérité que je recherchais avec avidité. Pourquoi ne serait-il pas communément accepté que nous avons des désirs et des pulsions, et que nous pouvons les intégrer à l'amour que nous vivons quotidiennement, en toute liberté ? Pourquoi ce vernis collant de culpabilité, dès lors que l'on abordait le sujet du sexe ? Les uns l'idéalisaient, les autres le dégradaient. Nous étions contraints d'évoluer entre ces deux extrêmes.

Au fond, toute cette mascarade était comique. La plupart des hommes et des femmes avaient des pulsions « extraconjugales », mais tout le monde faisait comme si ce n'était pas le cas. C'était comme un secret que chacun connaissait en sachant que les autres le connaissaient aussi, mais sans jamais vouloir le révéler. C'était enfantin, grotesque et ridicule. De quoi avions-nous donc si peur ? Peut-être qu'on nous avait tellement bourré le crâne que nous avions fini par redouter le châtiment divin, malgré le fait que nous vivions dans une société prétendument athée. En somme, nous étions des œdipiens de Dieu. Je voulais m'affranchir de tout cela, même si je devais en crever. Enfin, peut-être pas quand même…

Ma vie ressemblait de plus en plus à un jeu vidéo. Objectif : éviter les pièges et passer au niveau supérieur. J'avançais dans l'inconnu, mais je croyais en mon étoile.

Et elle a intérêt à être bonne, mon étoile…

Quelques jours plus tard, Cathy s'est avancée vers moi, l'air triomphant, alors que j'étais confortablement installé sur le sofa du salon, un verre à la main.

– Ça y est !

– Quoi ?

– Tu m'as demandé l'autre jour s'il y avait un homme avec qui j'aimerais faire l'amour, en dehors de toi. Ça y est, j'ai trouvé !

J'ai avalé calmement ma salive.

– C'est qui ?

– Il s'appelle Thomas. C'est un peintre. Tu ne le connais pas.

Respiration, contrôle total…

– Il m'a draguée chez Guillaume et Anna, le soir où tu n'es pas venu.

– Mais c'était il y a six mois !

– Exactement.

– Mais pourquoi tu ne m'as pas dit avant qu'il t'avait plu ?

– Je te rappelle qu'il y a six mois, tu n'en étais pas à me demander avec qui j'avais envie de faire l'amour.

Ce soir-là, elle était rentrée comme si de rien n'était, alors qu'elle s'était fait draguer toute la soirée par un homme dont elle avait eu envie. Tous les rapports sont donc faux ? Et dire que, pendant tout ce temps, j'avais cru que Cathy ne pouvait pas désirer un autre homme que moi. Quel abruti !

– Ben, tu es sûr que ça ne te pose pas de problème ?

Je suis mort là, ou je suis vivant ?

– Bien sûr que non. On en a parlé cent fois. Je veux que tu vives tes désirs, c'est important.

En disant ça, j'ai pensé très fort à Claire Montfort et j'ai serré les dents.

– 11 –

Tant que l'homme sera mortel,
il ne sera jamais décontracté.

Woody ALLEN

Mon cousin Steve est un dragueur internationalement reconnu. On est proches, on a passé ensemble la dure épreuve de la puberté. Je ne vais pas m'étendre sur la médiocrité de nos performances de l'époque, je ne voudrais pas vous faire pleurer, mais on était pathétiques. C'est d'ailleurs pour ça qu'on est devenus aussi bons en plans drague. Question de vie ou de mort. Il faut pouvoir se regarder en face. De côté aussi. Et de dos, pareil.

Steve et moi, on a passé des soirées entières à étudier les femmes. On a lu tout ce qu'il y avait de possible sur le sujet. On a fait de la dissection, de la vivisection, de la cartographie, de l'histoire, de la géographie, de la spéléologie… On a validé nos connaissances, on a été acceptés en master de relations publiques et privées et on a fait un paquet de travaux pratiques. Mais, à bien y réfléchir, je crois qu'on est toujours aussi cons.

C'est le seul de mes cousins, et le seul de mes potes aussi d'ailleurs, que je continue à voir. Oui, je ne vous l'ai pas dit, mais Cathy a fait un peu de ménage dans mes relations, et certaines personnes n'ont pas réussi l'examen de passage.

Steve a ouvert un restaurant. Après plusieurs années de galère, ça commence à marcher pour lui. Depuis quelque temps, il est à la colle avec une Australienne très mignonne qui s'appelle Tina. Ils se la jouent Roméo et Juliette, mais façon je t'aime moi non plus.

Il m'a payé un coup à boire dans son restau. Vodka-orange, bien sûr. On ne change pas une équipe qui gagne.

– Comment va la vie, Ben ? Tu te remets de tes émotions ?

– Je tiens le coup. Et toi ?

– Moi, c'est compliqué. Tina en a marre de la France, elle a envie de faire le tour du monde.

– Maintenant, comme ça ?

– Tu connais Tina ! Elle a la bougeotte. Elle ne sait pas être bien quelque part. Dès qu'elle a un flip, elle a envie de se barrer.

– Tu vas faire quoi ?

– Ce coup-ci, ce sera sans moi. J'ai fait l'Inde, l'Afrique, le Brésil et le Vietnam pour ses beaux yeux. Maintenant, c'est fini. Je préfère me concentrer sur le business.

– Vous allez rompre ?

– Peut-être bien.

– Et tu te sens comment ?

– Tu veux que je te dise ? Dans le fond, je crois que je m'en fous. J'étais dingue de cette fille, mais elle m'a usé. Les femmes sont pénibles.

– Qu'est-ce que tu veux dire ?

– Je ne sais pas… Elles veulent trop de choses, mais elles ne donnent pas assez. Tina, même si j'ai galéré, j'ai toujours pris soin d'elle. Et depuis que ça marche mieux pour moi, franchement, elle a une belle vie. Mais elle n'est jamais contente.

– Elle doit être mal intérieurement. Mais de toute façon, si elle ne trouve pas pourquoi elle est mal, elle aura beau faire douze fois le tour du monde, elle sera toujours aussi mal.

– Tu donnes dans l'analyse maintenant ?

– Un peu. Je consulte une coach-thérapeute.

– Une quoi ?

– Une coach-thérapeute.

– C'est quoi ce bordel ? T'es en thérapie ?

– Non, elle m'aide, c'est tout.

Il m'a regardé, l'air ébahi.

– Quoi ? C'est si incroyable que ça ?

– Tu es bien la dernière personne que j'imaginais se faire aider !

– T'es con.

– Mais pourquoi tu fais ça ? C'est à cause de ta mère ?

– J'en avais marre de passer ma vie à mentir.

– À mentir à qui ?

– À moi-même et aux femmes. Tu peux comprendre ça ?

– Non.

Il était sidéré.

– Et ça t'aide ?

– Disons que ça m'aide à affronter la réalité.

– Parce qu'avant, tu ne l'affrontais pas ?

– Non, puisque je mentais !

– Mais tu parles de quel genre de mensonges ? Je ne comprends pas.

– J'ai toujours menti aux femmes avec lesquelles j'étais…

– Mais ce n'est pas du mensonge, ça, c'est du bon sens. Tu ne leur dis pas que tu couches ailleurs, simplement parce que tu ne peux pas !

– Et pourquoi je ne peux pas ?

– Parce que, sinon, elles se barrent ! Quelle question !

– Eh bien, qu'elles se barrent ! Je suis polygame, mon pote, j'ai décidé d'assumer.

– Et Cathy est au courant qu'elle vit avec un polygame ?

– J'y vais doucement, mais elle sera bientôt au courant.

– Et qu'est-ce qu'elle va faire quand elle le saura ?

– Je n'en sais rien… Peut-être qu'elle aussi, elle est polygame, qui sait ?

– Attends, tu débloques, là ?

– Pourquoi ?

– Tu accepterais que Cathy se fasse bourrer par le premier venu ?

– Il ne s'agit pas de se faire bourrer par le premier venu, mais de faire l'amour avec quelqu'un qu'on désire. C'est différent.

– Peut-être, mais au final, ta meuf se fait serrer, mon frère !

– Laisse tomber, tu ne comprends pas.

– Je comprends que si tu veux maintenir un minimum de cohérence dans ta relation, tu n'as surtout pas intérêt à dire la vérité. C'est trop compliqué, après. Si ta nana se met à s'envoyer en l'air, c'est mort, tu ne contrôles plus rien !

– Mais je ne te parle pas de contrôler, je te parle d'amour !

– Mais quel amour ? Tu crois à l'amour, toi ?

– Oui.

– Donc tu crois que ta relation avec Cathy va durer toute la vie, que vous allez vous marier et avoir des enfants, c'est ça ?

– Les enfants ne sont pas au programme, mais je crois qu'on peut rester ensemble si on est capables de se dire la vérité, ça oui.

– La mort de ta mère t'a tapé sur le ciboulot, t'es complètement à l'ouest. Ne fais surtout pas l'erreur de dire la vérité à Cathy. Si tu fais ça, tu peux lui dire adieu tout de suite !

– Laisse tomber, tu ne comprends pas…

Steve a regardé sa montre et s'est levé brutalement.

– Je dois me remettre au boulot. Ça m'a fait plaisir de te voir, mais je trouve que tu débloques un max avec ta thérapie, vieux. Au fait, ça s'est bien passé avec Sabrina Leroy ? Elle est terrible, non ?

Il m'a fait un clin d'œil avant de me raccompagner sur le trottoir. Je me suis retrouvé tout seul avec ma crise d'angoisse. Personne ne semblait comprendre la tentative désespérée d'un menteur lâche pour rallier le camp de la vérité.

Alone in the Dark.

– 12 –

Je ne crois pas en l'au-delà mais j'emmènerai quand même des sous-vêtements de rechange.

Woody ALLEN

Deux jours plus tard, Cathy passait la soirée avec le fameux Thomas. Elle portait un petit pull noir à col en V et un jean moulant, qui mettait en valeur ses fesses rebondies. Elle avait mis quelques bijoux en or qui lui allaient particulièrement bien, et s'était maquillée et coiffée avec soin.

J'ai essayé de me concentrer sur les notes que j'avais prises en voyant le film dont j'étais censé faire la critique, mais après avoir écrit quelques lignes rageuses et totalement gratuites, j'ai décidé de ne pas prendre un film, pas mal au demeurant, pour exutoire. Un verre de vodka-orange m'a semblé plus adéquat. Je me suis assis au milieu du canapé, avec ma vodka et un sandwich au St Môret light. C'était la dernière trouvaille de Cathy, le St Môret light. Un genre de pâte insipide qui n'avait de fromage que le nom, mais Cathy répétait que ça n'apportait que six grammes de lipides aux cent grammes. Personnellement, je soutenais qu'à ce rythme-là on finirait par manger notre propre merde le jour où les gourous de l'alimentation décréteraient que la merde serait « nutritionnellement intéressante ». Je me suis donc naturellement demandé combien de grammes de lipides pouvaient bien apporter cent grammes de merde, mais je n'avais pas la réponse, donc j'ai mangé mon St Môret en me demandant si Thomas et Cathy avaient fini les préliminaires. Et je me suis resservi un verre.

OK, plus besoin de faire semblant et de se la raconter. La vie avec des œillères, c'est terminé. On vient de m'enlever le bandeau. Je vois clair, mais, à cet instant, j'envie énormément Stevie Wonder et Ray Charles. Cathy est en train de faire l'amour avec Thomas, en ce moment même. Je flippe comme une bête. Sept milliards d'êtres humains pourraient être accusés de non-assistance à personne en danger.

J'ai une crise d'urticaire. Je me gratte tellement que, si ça continue, je vais finir avec des moignons. Comme ça, je pourrai jouer dans *La Cité de la joie 2*.

MINUIT : Elle est partie à 20 heures. Pas besoin d'être un grand mathématicien pour se rendre compte que ça fait quatre heures qu'elle a mis les voiles. Elle est partie depuis quatre heures ! C'est Rocco Siffredi, ce Thomas, ou quoi ? Quatre heures avec ma femme, il n'en a pas marre ? Il se croit seul au monde ?

Je me suis souvenu d'un exercice de relaxation que j'avais vu dans un magazine. Il fallait jeter ses pensées négatives dans un vase imaginaire, puis se concentrer sur des couleurs en inspirant et en expirant. C'était, paraît-il, une méthode zen qui avait fait ses preuves. Je me suis donc installé confortablement en essayant de remplir ce foutu vase imaginaire avec toute la boue qui m'enserrait le cerveau. J'ai éjecté Thomas, d'abord. Plusieurs fois même, mais il ne voulait pas partir, le couillon. J'ai éjecté Cathy, parce que je ne pouvais pas faire autrement. Claire a dégagé aussi, puis mon job, la mère de Cathy et ses angoisses de mal baisée, mon cousin Steve, la tentation du mensonge parce que c'était trop tard, la peur que Cathy me quitte, et toutes les femmes que j'avais déçues. Ensuite, il fallait imaginer que le vase se vidait. Ça a l'air facile comme ça, mais ce n'est pas évident.

Après, j'ai commencé l'exercice des couleurs, mais j'ai eu beau faire deux fois le tour de l'arc-en-ciel, j'avais toujours autant les boules, donc j'ai laissé tomber et je me suis resservi une vodka-orange. C'est moins zen, mais ça a fait ses preuves.

Je me suis vautré sur la moquette. Au moment où j'ai touché le fond, j'ai senti que je quittais mon corps et j'ai vu une lumière orangée. J'ai regardé partout pour voir si Dieu était dans le coin, histoire de lui coller mon poing dans la figure, mais je n'ai rien vu d'autre qu'un vide intergalactique. Quelque chose me disait que mon calvaire ne s'arrêterait pas en si bon chemin. Ce que je crois, moi, c'est que Dieu est antisémite. Et ça dure depuis deux mille ans.

Je suis seul au monde. Je vais breveter une méthode de suicide par les larmes.

Je me suis remis debout et j'ai fait un peu de ménage, une éponge grattoir dans une main, un bidon de Mr. Propre dans l'autre. Mr. Propre avait l'air tellement gentil que, dans ma détresse, ça m'a donné envie de me faire enculer. Après avoir récuré la salle de bains comme si ma vie en dépendait, j'ai posé mon attirail, j'ai attrapé la bouteille de vodka, je me suis pressé des oranges et je me suis souvenu du bouquin de Claire sur le cri primal. J'allais revivre intérieurement ma naissance, pour me libérer. J'ai posé ma vodka et je me suis mis à crier comme un goret qu'on égorge.

Désolé, mais une fois de plus, BEN HURLE. Il n'a pas le choix.

UNE HEURE DU MATIN : J'ai sorti de mon sac une clope que j'avais taxée au boulot. J'avais arrêté de fumer depuis trois ans et demi. Soit six mois après ma rencontre avec Cathy. Elle ne supportait pas la fumée et, à force de l'entendre énumérer les innombrables méfaits de la nicotine, j'avais fini par obtempérer. Elle avait profité de cette reprise en main pour modifier totalement mon alimentation. C'est de là que datait ma conversion forcée au soja. J'étais passé, en six mois à peine, de fumeur gavé à la *junk food* à Bioman. Cathy vivait comme si elle n'allait jamais mourir, et ça me fascinait. Elle avait rédigé dans sa tête toute une liste de choses qu'il ne fallait surtout pas manger, et c'était définitif. Cette hygiène permanente contrastait avec la pollution environnante, mais ça n'avait pas l'air de lui sembler plus contradictoire que ça.

Certes, j'avais arrêté de fumer, mais, ce soir, j'avais vraiment besoin de soutien. J'ai allumé ma première cigarette depuis des lustres et j'ai tiré dessus comme un malade. Elle avait le goût de ma première clope, fumée en cachette dans un square quand j'avais dix ans. Après tout ce temps d'abstinence, la nicotine m'a atomisé. J'ai eu l'impression de fumer une barrette de shit. Je me suis étendu sur le canapé, les yeux fixés au plafond. Tout m'a soudain semblé très loin, Cathy, Thomas, Claire, la vodka et le St Môret light. Au bout d'un moment assez long, l'effet du cocktail alcool-nicotine s'est dissipé et je suis revenu à la vraie vie. J'ai essayé de bouger, mais je n'y arrivais pas. Je me suis demandé si j'allais pouvoir réintégrer mon corps. J'ai enfin réussi à me lever, au prix d'un effort colossal. Puis j'ai ouvert la fenêtre et j'ai participé activement à la destruction de la couche d'ozone en pulvérisant un désodorisant au parfum synthétique dans le but de masquer l'odeur de la clope.

DEUX HEURES DU MATIN : Ça fait six heures que Cathy est partie. Je me suis allongé et je me suis tourné vers la fenêtre en pensant aux contes que mon père me racontait quand j'étais petit. Il y en avait un qui parlait d'une étoile filante qui tombait sur les enfants sages et qui les emmenait vers une galaxie mystérieuse où tous les rêves devenaient réalité. J'ai pensé : « Pourvu qu'ils aient de la vodka-orange », avant de sombrer dans le sommeil.

Peu de temps après, j'ai entendu du bruit et j'ai pensé : « Ça y est, l'étoile filante est venue me chercher. »

Lost in Translation.

– 13 –

Aller sur la Lune, ce n'est pas si loin. Le voyage le plus lointain, c'est à l'intérieur de soi-même.

Anaïs Nin

Le lendemain matin, Cathy m'a réveillé, comme d'habitude. J'ai tout de suite eu envie de lui demander combien elle avait eu d'orgasmes pendant que j'étais en train de mourir avec ma vodka et le reste de St Môret light, mais je me suis contenté de lui faire un sourire, quelque part entre Gandhi et Martin Luther King. Je me sentais comme Jésus ressuscité retrouvant Marie Madeleine après qu'elle s'est envoyé une dizaine de clients. J'ai même pensé lui laver les pieds.

– Il faut que j'y aille, Big Ben, je suis en retard. Et toi aussi.

– Tu es rentrée à quelle heure ?

– Tard. Je n'ai pas voulu te réveiller, j'ai dormi sur le canapé.

– C'était bien ?

– Le canapé ?

Je me suis accroché à elle, pris d'une angoisse indescriptible.

– Cathy, tu as eu du plaisir ?

– Ben !

– Quoi ? C'est normal que je pose la question. C'est oui ou c'est non ?

– Pourquoi tu insistes ? C'est un jeu, pour toi ?

– Pas du tout.

– Mais tu n'es pas jaloux ?

Je ne suis pas jaloux, je suis mort !

– Cathy, je fais un travail sur moi pour accepter que tu vives tes désirs. Je veux voir la vérité en face. J'en ai marre de vivre comme un zombie.

– Je ne m'étais pas rendu compte que je vivais avec un zombie.

– C'est juste une manière de te dire que j'en ai marre du mensonge.

– Mais qui ment, ici ?

J'ai eu envie de lui dire la vérité sur mes liaisons extraconjugales, mais je me suis dit que ce n'était pas le moment.

– Cathy, ce que je cherche à te faire comprendre, c'est que je veux qu'on soit épanouis.

– Mais on est épanouis !

– Maintenant, oui, je pense qu'on va l'être de plus en plus.

– Donc, pour toi, être épanoui, ça veut dire aller voir ailleurs ?

– Mais pourquoi tu culpabilises ? Tu as fait l'amour avec un autre, où est le problème ? Tu culpabilises parce que j'ai passé la soirée tout seul, ou tu as peur que moi aussi, un jour, je te laisse seule pendant que je ferai l'amour avec une autre femme ?

Elle m'a regardé, étonnée que je capte ses états d'âme avec autant de précision, et elle a tenté de nier mollement.

– Mais… pas du tout, Ben, tu dis n'importe quoi !

– Alors pourquoi tu n'es pas heureuse ?

Soudain, j'ai eu de la peine pour elle. Sûrement un des effets secondaires de ma transformation en futur messie de l'amour.

– Cathy, je suis ravi que tu aies eu du plaisir hier et je ne suis pas jaloux. Mais dis-moi quand même… tu as eu un orgasme ?

– Ben !

– Quoi ? C'est juste pour savoir !

– …

– Alors ? Tu as joui, oui ou non ?

– Oui.

Ça m'a fait un coup terrible. Ça m'a détruit de penser qu'elle avait joui avec un autre que moi. La crise de panique se rapprochait à la vitesse de l'éclair.

Respiration, contrôle total…

– Super, je suis vraiment content.

– C'est vrai ?

– Oui. Vraiment.

Je suis tellement content que je vais aller à l'atelier de Thomas avec une ceinture d'explosifs. J'ai décidé de faire allégeance à Hassan Nasrallah, le chef du Hezbollah libanais.

– Thomas veut faire mon portrait.

– Génial ! ai-je lancé d'un ton faussement joyeux qui contrastait avec ma mine de condamné à mort.

Je me voyais déjà recevoir nos amis dans notre salon où serait accrochée une immense toile de ma femme, à poil, en train de sucer l'artiste.

– À ce soir, Ben.

– À ce soir.

Elle m'a embrassé sur le front. J'aurais préféré un vrai baiser sur la bouche, si possible avec la langue, mais je n'y ai pas eu droit. Elle a disparu de mon champ de vision et j'ai entendu la porte d'entrée claquer. Je me suis mis en position fœtale et je suis resté prostré pendant un bon moment. Quand j'ai repris contact avec la réalité, j'ai téléphoné au journal en disant que j'avais une indigestion. Même si ma fierté en prenait un coup, j'ai aussi appelé Claire, il fallait que je la voie d'urgence.

– C'est Ben. Je vais crever.

– Je vous attends au cabinet dans une heure.

Je me suis douché et j'ai poussé un hurlement.

Oui, c'est comme ça, quand il n'en peut plus, BEN HURLE.

Je suis arrivé chez Claire dans un état de décomposition avancée. J'avais dépassé la date de péremption, j'étais *out*. Sur l'échelle de Richter de la crise d'angoisse, j'étais à 5 527.

Quand elle a ouvert la porte, j'avais abandonné depuis longtemps l'ambition de conserver un semblant de dignité. Je me suis jeté dans ses bras en pleurant. Elle a gentiment tapoté mon dos, et m'a écarté doucement au moment où, en pleine régression affective, j'étais prêt à lui téter les seins.

– Qu'est-ce qui vous arrive, Ben ?

– C'est Ca… Ca… C'est Cathy ! ai-je meuglé dans un résidu de sanglot.

– Que s'est-il passé ?

Elle me parlait comme à un enfant, et ça me faisait un bien fou. J'avais hâte qu'on vienne me chercher pour la lobotomisation.

– Elle a j… j… joui.

– Oui, et alors ?

– Vous ne comprenez pas ce que je vous dis ? Elle a joui avec Thomas.

– Ôtez-moi d'un doute, Ben. Quand vous couchez avec d'autres femmes, vous jouissez, n'est-ce pas ?

– Euh… oui…

– Donc où est le problème ?

– Où est le problème ? Mais je… je ne veux pas qu'un autre que moi la fasse jouir, c'est intolérable, c'est… Je refuse !

Elle m'a lancé un regard consterné.

– Vous n'êtes plus un enfant, Ben.

– Justement, pourquoi je ne suis plus un enfant ?

Elle a poussé un soupir.

– C'est bien ce que je disais : vous confondez votre femme avec votre maman.

– C'est faux.

Elle m'a pondu une de ses théories meurtrières sur l'homme, l'univers, et sa maman. Je l'ai écoutée en silence, ce n'était même pas la peine que j'essaie de la contredire.

– Arrêtez de vous lamenter, Ben. Avec un peu de chance, vous finirez par devenir vous-même.

– Super, je suis en train de devenir moi-même : un cocu pleurnichard.

En lui disant au revoir, j'ai remarqué qu'elle avait les yeux cernés.

– Vous devriez vous reposer, vous avez une petite mine. Pourtant, vous devez nager dans le bonheur, si vous appliquez tous vos conseils.

– Je vous remercie beaucoup de l'intérêt que vous me portez, je vais très bien, en effet.

– Ça m'étonnerait beaucoup. Les coachs dans votre genre donnent des conseils pour oublier l'échec de leur vie personnelle. C'est statistiquement prouvé.

– J'ignorais que vous donniez dans l'analyse, Ben.

– En fait, vous vous nourrissez de la souffrance des autres.

– Vous m'impressionnez !

– Claire, vous êtes un vampire. J'en étais sûr !

Elle m'a regardé, goguenarde, m'a fichu dehors et m'a claqué la porte au nez.

Quand je suis sorti, il pleuvait des cordes. J'ai regardé la cohorte de gens trempés qui couraient dans tous les sens dans le vain espoir de se protéger de la pluie. J'avançais tel Jésus, les pompes glissant sur la flotte, en me sentant invincible. La veille au soir, j'avais affronté la mort avec, comme seules armes, une bouteille de vodka et un peu de St Môret light, je n'allais quand même pas me laisser démoraliser par trois gouttes de pluie. Je fendais les flots qui déferlaient sur moi. Il y avait quelque chose de prophétique en moi et je regardais avec compassion mes congénères égarés sur le chemin du mensonge.

J'ai quand même décidé de presser un peu le pas en me disant que même Jésus pouvait se choper une broncho-pneumonie.

Affamé, je me suis acheté un sandwich grec. Un sandwich à la viande dont il valait mieux que j'ignore la provenance, rempli de frites et dégoulinant de sauce. Un vrai bon sandwich au cholestérol. Cathy aurait préféré mourir de faim plutôt que de manger ça. J'étais en train de m'enfoncer cette saloperie dans le gosier comme s'il y avait urgence, quand j'ai entendu une voix délicieuse résonner à mes oreilles.

– Ben ?

Natasha Kaminka se tenait devant moi. Elle portait une robe rouge très sensuelle, un imperméable noir et des bottes à hauts talons qui m'ont donné envie de me faire écraser les pieds. Ses cheveux courts étaient délicieusement emmêlés. J'étais sous le charme. C'est à ce moment-là que je me suis rendu compte que de la sauce dégoulinait de ma bouche. Elle a gentiment enfoncé le clou.

– Comment tu fais pour manger ça ?

– Je m'entraîne pour un rôle de poulet de batterie.

Elle a éclaté de rire, et j'en ai profité pour m'essuyer la bouche.

– On boit un verre ?

Elle a planté ses yeux bleus dans les miens et a acquiescé. On s'est assis dans un café.

– La dernière fois que je t'ai vu, tu saignais de l'arcade sourcilière. Ça a l'air d'aller mieux.

– Beaucoup mieux. Maintenant, c'est mon cœur qui saigne.

– Et pourquoi donc ?

– Je suis dans la phase acceptation de la dure réalité.

Le garçon s'est pointé pour prendre la commande.

– Un double scotch sans glace.

J'étais surpris.

– Euh… La même chose. Mais avec glace.

– Quoi ? Qu'est-ce qu'il y a ?

– Rien. Je ne t'imaginais pas carburer au double scotch à 3 heures de l'après-midi.

– C'est toi qui me fiches le bourdon. La gnôle, il n'y a rien de mieux pour noyer son chagrin.

– Tu as du chagrin ?

Son sourire radieux s'est figé, elle m'a jeté un regard qui m'a secoué. Le genre bouteille à la mer. Je l'ai pris en plein cœur, mais elle a éclaté de rire.

– Ça ne se voit pas ?

– Non. Tu es même la fille la plus gaie que j'aie jamais vue.

– La dignité en public, c'est tout un art. Je t'apprendrai, si tu veux.

– Merci ! Je meurs d'envie d'être enfin un peu digne. Et de savoir manger un sandwich grec dans la rue.

– Désolée, mais pour ça, je ne peux rien pour toi.

– Tu fais quoi, dans le coin ?

– Je donne des cours de danse pas très loin d'ici.

– Tu es prof de danse ?

– Je suis danseuse, mais je donne des cours entre deux spectacles, quand je suis à sec.

– Quel genre de danse ?

– Tout. J'ai commencé par la danse classique, bien sûr. Avec un Russe sadique, réchappé du goulag, qui m'a torturée toute mon enfance.

– Pourquoi tu as continué ?

Elle a fait une charmante grimace avant de boire une bonne rasade de scotch.

– Ma mère a commencé la danse à trois ans. Elle était bien partie pour faire carrière, mais elle a eu un accident de voiture. Elle n'a plus jamais dansé. Quand je suis née, elle a reporté tous ses espoirs sur moi. J'ai tout supporté juste pour qu'elle m'aime. Mais quand j'ai vu que, quoi que je fasse, elle ne pouvait pas m'encadrer, je me suis rasé la tête, j'ai foutu le camp et je me suis mise à la danse moderne et au hip-hop. Ce qui n'était pas du tout évident avec la démarche de canard que j'avais à l'époque.

Elle a éclaté de rire en rejetant la tête en arrière.

– Vous vous voyez toujours ?

– Oui… Disons qu'elle arrive à me reconnaître quand elle n'est pas complètement ivre.

J'ai montré le verre de scotch en riant.

– Fais gaffe, alors !…

Elle m'a regardé avec une telle détresse dans les yeux que j'ai immédiatement regretté ce trait d'humour vaseux.

– Et ton père ?

– Et ta mère ? C'est quoi, un interrogatoire ?

Il y a eu un silence.

– Tu sais, je fais un genre de thérapie.

Je ne sais pas pourquoi je lui ai dit ça. Peut-être pour qu'elle sache qu'elle n'était pas la seule à souffrir.

– Toi, tu fais une thérapie ?

Elle a dit ça d'un ton moqueur qui m'a blessé.

– Pourquoi, je suis trop stupide pour ça ?

– Ce n'est pas ce que j'ai voulu dire.

– Et qu'est-ce que tu as voulu dire, au juste ?

– Que je ne t'imaginais pas en train de te poser des questions sur toi.

– Et moi je ne t'imaginais pas avec une mère alcoolique.

On s'est affrontés du regard un court instant, puis elle a levé son verre avec une pointe d'ironie.

– À ta santé, Freud !

– À la tienne, Gisele !

Elle a regardé sa montre.

– Je suis en retard !

Elle a bu son scotch d'un trait, s'est levée en trombe et a jeté un billet de vingt euros sur la table. Puis elle m'a fait un petit signe de la main et a disparu de mon champ de vision. J'ai fermé les yeux et suis resté immobile, pour que ce moment délicieux ne s'évanouisse pas trop vite.

J'aimais de plus en plus l'Ukraine. Je m'intéressais particulièrement à sa géographie, ses dénivelés me rendaient fou. Il fallait d'urgence que j'obtienne un visa en bonne et due forme.

– 14 –

Il ne faut jamais juger les gens sur leurs fréquentations : Judas, par exemple, avait des amis irréprochables.

Paul VERLAINE

J'étais en route pour l'enfer : direction le loft d'Anna et Bonus. Lors de notre dernière visite, je vous rappelle que mon sang avait copieusement arrosé leur parquet. Moi qui pensais ne jamais être réinvité… Les retrouvailles promettaient d'être chaleureuses. Cathy babillait joyeusement à mes côtés pendant que je conduisais la Smart, l'air absent.

– Tu sais quoi ? Anna est enceinte.

– De quoi, d'un sac Chanel ?

– Arrête, Ben !

– Elle a fait comment ? Elle a acheté sur Internet un peu du sperme congelé de Karl Lagerfeld ?

– Tu es vraiment injuste. Tu sais très bien que ça fait des mois qu'elle essaie d'être enceinte.

Penser que Bonus allait se reproduire et mettre au

monde un petit trader me rendait malade. Cathy a continué sur sa lancée.

– Tu te rends compte qu'Anna sera mère dans neuf mois ?

– Tu veux que j'appelle Amnesty International tout de suite ?

– Tu es bête. Je suis sûre que ce sera une mère formidable.

– Disons qu'elle aurait peut-être dû commencer avec une plante verte, histoire de voir si elle était capable de la maintenir en vie. Parce qu'elle ne pourra pas ramener le gamin au magasin s'il ne lui plaît pas. À propos, on est sûr que c'est Bonus le père ?

– Ben !

– Quoi ? J'ai quand même le droit de poser la question, tu connais Anna !

– Et moi, tu crois que je serais une bonne mère ?

J'avais très envie de lui répondre que j'espérais ne jamais avoir la réponse à cette question, mais j'ai fait un effort pour sourire.

– Je n'en sais rien. Tu n'as que vingt-huit ans.

– Ma mère m'a eue à vingt ans.

– Oui, et regarde le résultat !

Cathy m'a lancé un regard glacial.

Anna nous a ouvert la porte en jappant. Elle portait des vêtements de marque, taille 32. J'imagine qu'elle voulait en profiter avant de devenir obèse. Bonus m'a toisé méchamment, mais je n'allais pas me laisser intimider par Barbie-pute-légale et Ken-golden-parachute.

Cathy a détaillé le loft, dont la déco s'était enrichie

depuis notre dernière visite, et elle s'est extasiée un bon quart d'heure sur les nouveaux rideaux, le nouveau divan, le nouveau tapis, et ainsi de suite.

– Tu as vu ça, Ben ?

– Je ne te l'ai pas encore dit, Cat, mais on en avait marre d'être locataires. Alors on s'est décidés à l'acheter.

– C'est génial ! Tu vois, Ben, eux, ils ont acheté !

– En même temps, neuf cent mille euros ce n'est pas à la portée du premier venu, a lâché Bonus en me fixant d'un air goguenard.

Je lui ai souri de toutes mes dents pour ne pas l'étriper tout de suite.

– Vous avez payé ça neuf cent mille euros ? Mais vous vous êtes fait avoir !

Anna s'est mise à paniquer.

– C'est vrai ? Tu vois, Guillaume, je te l'avais dit !

– Mais il dit n'importe quoi, il sait à peine faire une addition !

– Là, tu charries, j'avais dix-sept de moyenne en maths. Ce que j'en dis, moi, c'est que votre loft ne vaut pas plus de six cent cinquante mille euros, et encore, je compte large.

Cathy a volé au secours de ses amis.

– Arrête, Ben !

J'ai demandé à Anna s'ils avaient de la vodka-orange, mais l'odeur de l'alcool écœurait la grognasse. À la place, ils nous ont proposé une espèce de sirop d'herbe qui ressemblait à du vomi et qui a mis Cathy en joie.

– Un seul verre et tu fais le plein d'oxygène, a dit Anna.

Je lui ai tendu un verre.

– Tiens, sers-en un grand verre à Cathy. Ça m'évitera de l'emmener en vacances cet été.

Ils m'ont regardé tous les trois d'un air navré et on est passés à table. Un repas inoubliable : on s'est régalés d'une espèce de ragoût de tofu sur un lit de légumes vapeur maladifs, le tout sans sauce ni beurre, vu que la future maman ne voulait pas prendre un gramme.

– Tu sais, Anna, tu vas obligatoirement grossir. Pendant une grossesse, c'est normal !

Elle m'a regardé comme si j'avais la lèpre.

– Non ! Je ne veux pas !

Un silence hostile s'est installé. Cathy m'a donné un grand coup de pied sous la table, et j'ai glapi doucement en finissant de téter un bout de tofu immonde.

– Et sinon, sexuellement, ça se passe bien pour vous ? ai-je risqué.

Les deux vedettes sont tombées des nues.

– Arrête, Ben.

– Parce que Cathy et moi, on a décidé de faire des expériences. Il y en a marre de la monogamie, vous ne trouvez pas ? Le concept de la vie à deux avec un appartement, un bébé et un chien, c'est dépassé. Non, le vrai courage aujourd'hui, c'est d'autoriser son conjoint à faire l'amour ailleurs. Bien plus impressionnant qu'un loft à neuf cent mille euros.

Ma diatribe a laissé tout le monde sans voix. Non, toute vérité n'est pas bonne à dire…

Quand on est rentrés à la maison, la bombe Cathy a explosé en faisant des dommages collatéraux.

Hiroshima mon amour…

– Merci beaucoup, Ben.

– Quoi ?

– Merci d'avoir insulté mes meilleurs amis !

– Ce sont des débiles ! Je ne veux plus jamais les voir !

– Rassure-toi, il n'y a aucun risque que tu sois réinvité.

– Tant mieux ! C'est tout ce que j'espérais ! Je ne comprends pas que tu puisses considérer ces gens comme tes amis. Ils n'ont strictement rien à dire, ils sont juste complètement cons !

Elle a claqué la porte en guise de réponse. Je me suis retrouvé seul comme un rat. La solitude des sommets, sans doute.

Et une nuit sur le canapé, une…

– 15 –

Mon cerveau ? C'est mon second organe préféré.

Woody ALLEN

Quelques jours plus tard, j'ai pris mon courage à deux mains, direction la salle de danse où Natasha donnait ses cours. Je l'ai attendue avec anxiété, en espérant que ça lui ferait plaisir de me revoir. Elle me faisait fantasmer et, en même temps, elle m'intimidait. J'ai tourné la tête et l'ai regardée descendre l'escalier, gracieuse et féline, perdue dans ses pensées, l'air paumée.

– Salut ! Ça te dirait de prendre un verre avec un alcoolique ?

Elle a sursauté, et a fait semblant d'aller super bien.

– Tiens, mais c'est Ben Portman, le roi de la vodka-orange ! Qu'est-ce que tu fais là ?

– J'ai envie de devenir danseuse. Le tutu, ça m'a toujours branché. On boit un verre ?

Elle a hésité.

– Pourquoi pas ?

Elle m'a emmené dans un café qu'elle connaissait.

– Dis-moi, qu'est-ce qui te fait croire qu'un type comme toi peut m'apporter quelque chose ?

– La folie. Je suis complètement dingue, il ne faut pas faire attention.

Silence. J'ai commencé l'interrogatoire.

– Je peux te poser une question indiscrète ?

– Je ne suis pas sûre d'avoir envie d'y répondre, mais essaie toujours.

– Tu es libre actuellement ?

Elle m'a regardé droit dans les yeux.

– J'ai vaguement mis mon mec dehors.

– Comment ça, vaguement ?

– Vaguement. Cherche dans le dictionnaire.

– J'ai bien peur d'être trop stupide pour trouver « vaguement » dans le dictionnaire. Tu sais qu'il y a un paquet de mots dans ce truc.

– Je vivais vaguement avec un type depuis quelque temps. Je couchais vaguement avec lui, mais il m'a vaguement ennuyée, donc je l'ai mis à la porte. Il est parti dans le vague. Tu sais, il y avait comme un flou tout autour de lui.

– Tu veux dire avec corne de brume et tout le reste ?

– Oui. Avec balises de détresse.

– Je me disais bien que j'avais vu quelque chose dans le ciel.

– Peut-être, mais tu n'es pas venu m'aider.

– Le problème, c'est qu'on est nés avec un vice de forme et qu'on ne peut pas retourner voir le constructeur. Il s'est barré, le constructeur. Tu sais, comme les entreprises qui déménagent la nuit juste avant Noël en mettant des milliers de gens au chômage. Le lendemain, les mecs se pointent pour bosser et tout est vide. Dieu est parti avec la caisse. Il ne reste même plus un euro pour se payer à boire.

Elle a éclaté de rire en levant son verre.

– Donc, la solution, c'est la vodka-orange ?

– Absolument. C'était la couleur de la révolution ukrainienne.

Elle a bu une grande gorgée.

– Tu sais, en fait, je crois que mon problème, c'est que je suis frigide. Frigide de la vie.

J'étais interloqué. J'ai tenté de détendre l'atmosphère.

– Et si nos problèmes n'étaient jamais résolus ? Il y a des gens pour qui ça roule bien et d'autres qui ont des bagnoles pourries.

Elle a éclaté de rire.

– Ils peuvent toujours prendre le train.

– Et s'il y a une grève ? ai-je ajouté.

– Ils marchent.

– Il faut de l'énergie, pour ça.

– Et de bons muscles. Je suis danseuse, je pars avec un avantage.

– Moi, je suis alcoolique. Je suis grillé.

On a ri et bu encore un verre.

– Il m'arrive un truc fou.

– Encore un ?

– Je peux t'en parler ?

– Bien sûr ! Disons que ce sera mon quart d'heure d'aide sociale.

– Qui a dit que les danseuses étaient vachardes ?

– Qui a dit que les alcooliques n'avaient pas de répartie ?

– Un partout. Temps mort. Cathy, ma copine… elle a fait l'amour avec un autre homme.

– Et tu as prévenu la police ?

– Non. Même Dieu ne répond plus, il est sur messagerie.

– Ça fait déjà un bail.

– Je suis en train de libérer Cathy.

– Tu veux dire qu'elle a le droit de ne faire la vaisselle que cinq jours par semaine ?

– Je veux dire qu'elle a le droit de faire l'amour avec d'autres hommes que moi.

– En échange de quoi ?

– En échange de rien… En échange de la vérité.

– Ben Portman, vous m'impressionnez terriblement !

Ses sarcasmes m'ont blessé.

– Laisse tomber, je n'aurais jamais dû t'en parler.

– Fais gaffe, Ben, tu es en train de perdre ton sens de l'humour.

– …

– On en était à la vérité. Tu disais ?

– Je ne veux plus tromper Cathy et lui mentir. Donc je l'amène à sa propre polygamie.

– …

– Qu'est-ce que tu en penses ?

Elle m'a fait un sourire très doux.

– Je pense qu'on peut être alcoolique et bienfaiteur de l'humanité en même temps.

On a trinqué. Décidément, cette fille ne ressemblait à aucun modèle connu. Elle était peut-être en pleine mutation, elle aussi ?

Rencontre du troisième type.

– 16 –

Parti de rien, je suis arrivé à pas grand-chose.

Groucho MARX

L'alcool, c'est bon. La plupart des êtres humains ont 70 % d'eau dans le corps, moi j'ai 70 % de vodka-orange. J'ai grandi dans un liquide amniotique alcoolisé, je me suis développé dans la vodka. C'est pour ça que je peux en boire beaucoup plus que la majorité des gens sans ressentir aucun signe d'ébriété. C'est mon milieu naturel, je suis équipé d'un système de distillation intégré.

J'ai emmené Cathy prendre un petit déjeuner dans un café hype du 17e, un genre de zoo de bobos. Elle a pris un thé vert japonais répondant au doux nom de Sencha Midori. À dix-huit euros la tasse, j'ai eu l'impression de l'avoir cueilli moi-même. Vous avez déjà bu du thé vert japonais ? C'est infâme, mais c'est plein de vitamine C. Les oranges de ma vodka aussi. Il était 10 heures du matin, mais ça n'a pas coupé mon élan, j'en ai commandé une.

– Tu ne crois pas qu'il est un peu tôt pour boire ?

– Cathy, n'insulte pas un frère de combat. Tu crois que Rocky Balboa buvait un thé vert avant de monter sur le ring ?

– Tu te bousilles la santé, c'est tout ce que tu fais.

– De toute façon, vu le niveau de la pollution à Paris, je peux bien donner un petit coup de pouce au destin.

– Tu m'en veux pour Thomas, c'est ça ?

– Absolument pas. Au contraire, je veux que tu vives tes désirs.

– Encore ?

– Je veux que tu t'épanouisses, ma chérie.

– Tu veux dire que si un homme me plaît, tu es d'accord pour que…

– Oui.

– Tu es sûr ?

– Absolument ! Mais… dis-moi… Thomas, il fait quand même moins bien l'amour que moi ?

Entendre Cathy me dire qu'il n'y avait aucune comparaison entre Thomas et moi m'a rassuré. Mais ça n'a pas duré longtemps. L'inquiétude est revenue, une angoisse diffuse, oppressante. J'avais le sentiment de me trouver à nouveau tout près d'un événement dont j'ignorais tout, mais que j'avais toujours redouté. Et je ne savais absolument pas quoi faire pour l'empêcher d'arriver. Je me préparais à être spectateur de ma vie et j'avais une sacrée envie de dégager avant que les lumières ne s'éteignent.

Ce que je crois, c'est que je suis dans la ligne de mire de Dieu et de tous les saints de la galaxie, et qu'ils ne rateront aucune occasion de me faire avaler mon certificat de naissance.

La journée du lendemain a été longue, et c'est rien de le dire. J'avais une projection. Je n'étais que l'ombre de moi-même, on aurait dit un zombie sur pattes. Le film a démarré sur les chapeaux de roue. Fusillades, bastons, courses de bagnoles. À recommander aux psychopathes en puissance.

Quand je suis rentré au journal, Marine, la stagiaire bombasse avec qui j'aurais déjà dû faire l'amour depuis longtemps, s'est avancée vers moi moulée dans un jean qui, à lui seul, était une arme de destruction massive. Je sentais des radiations partout autour de nous.

– Dis-moi, Ben, tu n'étais pas censé m'appeler ?

– Heu… si…

– Et pourquoi tu ne l'as pas fait ?

– Tu sais, j'ai une copine et…

– Je sais. Tu l'avais déjà le mois dernier, d'ailleurs.

– Heu… oui, tu n'as pas tort. Mais là, c'est différent.

– Ah oui ? Et qu'est-ce qui est différent au juste ?

– Moi. Je sais, ça ne se voit pas mais, normalement, avec ce qui m'arrive, je devrais avoir les oreilles qui poussent et devenir tout bleu.

– Je vois…

– Ne le dis à personne, mais je suis un mutant. J'ai été contacté par le Tout-Puissant. Marine, c'est fini, je ne trompe plus ma femme. C'est terminé.

– Tu es devenu mormon ?

– Non, j'applique simplement le principe de

réciprocité. Maintenant, c'est ma copine qui me trompe.

– Mais qu'est-ce que tu racontes ?

– Rien, laisse tomber.

Je suis allé me réfugier dans mon bureau. J'ai fermé la porte à clé et j'ai pris ma bouteille de vodka. Elle était vide. L'horreur. Je me suis vengé sur un vieux paquet de clopes et m'en suis fébrilement grillé une en maudissant l'humanité, avant de pulvériser un désodorisant.

– 17 –

Je ne sais pas si Dieu existe, mais s'il existe, j'espère qu'il a une bonne excuse.

Woody ALLEN

Pendant le week-end, Cathy m'a emmené au Salon du zen, des médecines douces et de la lobotomie biologique organisée. Il y avait de tout : des pierres magiques, de la nourriture bio, des stands de massage, d'acupuncture… Moi, je rêvais d'une seule chose : un Big Mac bien gras, un Coca et une grande frite.

Mais, au moment de déjeuner, Cathy a repéré un stand de brochettes de tofu qui m'a instantanément donné la nausée. Elle a passé commande, je l'ai laissée choisir pour moi. Le serveur, qui ressemblait à une endive qu'on venait tout juste de sortir de sa serre, nous a apporté un jus de fenouil aux herbes. Cathy l'a trouvé délicieux, moi, j'en ai eu des palpitations. Ensuite, j'ai eu droit à deux petites brochettes caoutchouteuses accompagnées de quelques grains de riz complet. Il y en avait tellement peu qu'en trois bouchées j'avais déjà tout avalé. J'étais mal barré.

On a fini par s'échouer dans une salle de conférences. Le sujet était le tantrisme. Ça intéressait beaucoup Cathy, elle vendait des bouquins sur le sujet dans son magasin bio. Le conférencier était du genre bel homme. Grand, baraqué, les cheveux blonds et longs, la peau burinée. Avec une petite peau de chèvre nouée autour des fesses, il pouvait jouer direct dans *Tarzan*.

– … Le masculin et le féminin sont les deux principes complémentaires sur lesquels s'édifie l'Univers. L'attraction sexuelle est une force magnétique, une volonté d'unir ces opposés afin d'atteindre un état divin…

Cathy avait l'air captivée.

– … Le tantrisme est l'accès à une sexualité cosmique. Le corps humain et le cosmos sont une même chose, vue de différents points de vue. Par un processus d'entraînement psychosomatique, le tantrika harmonise son corps et son esprit pour atteindre graduellement les plus hauts niveaux de réalisation, jusqu'à identification totale avec la déité originelle bisexuée…

Déité originelle bisexuée. Qu'est-ce qu'il ne fallait pas entendre ! J'aurais dû prendre un dictionnaire bio, parce que là, c'était en train de me dépasser. Tarzan a repéré Cathy et s'est directement adressé à elle. Normal, c'était la seule personne appétissante dans cette assemblée de refoulés vêtus de chandails en poils de chèvre.

– … Donc, pour conclure, on peut, par le tantrisme, atteindre une extase qui nous transforme et nous fait profondément ressentir que nous sommes le miroir de l'Univers.

Tarzan ne quittait plus Cathy des yeux. Et elle soutenait tranquillement son regard, comme si je n'étais pas là. J'étais à la merci de l'ennemi, en territoire étranger, sans vodka-orange, sans *junk food*, sans aucune de mes armes traditionnelles. Nu comme un ver, aveuglé par la loi de la jungle. Je me sentais comme un petit faon en pleine brousse, persuadé qu'un chacal allait venir me dévorer. Je n'ai pas eu à attendre très longtemps ; le chacal s'est approché et il avait les cheveux blonds.

– Ça vous a plu ? a-t-il lancé en enrobant Cathy d'un regard langoureux.

– C'était très intéressant. Vraiment passionnant. Cette notion de fusion avec l'Univers…

J'ai tenté une intervention subtile.

– Et cette notion de déité originelle bisexuée…

Il m'a toisé comme si j'étais un pestiféré et ils ont continué leur babillage.

– J'organise des séminaires pour les couples, aussi.

– C'est formidable ! a lancé Cathy.

– Vous êtes ensemble, tous les deux ?

Bioman la jouait direct. Je suis intervenu, histoire de marquer mon territoire.

– Comme tu peux le voir.

– On devrait dîner ensemble, on continuerait cette conversation. Je viendrais avec ma copine.

Les signaux « Attention Danger » ont résonné partout, mais je me suis vu sourire et dire que oui, pourquoi pas, à l'occasion. Le temps que je finisse ma phrase, Cathy et lui étaient déjà en train d'échanger leurs coordonnées. Puis il m'a souri et a déposé un baiser sur la main de Cathy, sous le charme. J'ai soudain eu des bouffées de chaleur, façon ménopause aiguë. Ça sentait le coup foireux à plein nez. Je me suis demandé pourquoi il avait précisé qu'il viendrait avec sa copine. Sûrement pour me calmer un peu, histoire que je me dise que j'aurais un os à ronger. Cathy était surexcitée, complètement hypnotisée par le blond. D'un coup j'ai eu un élan de sympathie envers ce bon vieux Thomas.

– Et Thomas ? Il va bien ?

Elle était carrément en train de le zapper. Il n'y en avait plus que pour Tantraman. Après Superman, Batman et Spider-Man, Tantraman débarquait sur terre. Mais lui, il ne venait pas sauver l'humanité. Il venait pour la détruire. Dans le calme. Ses armes : une brochette de tofu et une peau de bête.

En rentrant, j'ai déposé Cathy et je suis passé chez mon père. J'ai sonné plusieurs fois, mais personne n'a répondu. J'ai tambouriné comme un dingue, anticipant la vision de mon père mort depuis trois jours sur le tapis du salon, quand une voisine est sortie de son appartement.

– Vous savez s'il est sorti aujourd'hui ?

– Non, je suis sûre qu'il est là. J'ai une clé, si vous voulez.

Elle est allée la chercher et a ouvert la porte. L'appartement semblait désert. Inquiet, je me suis dirigé vers la chambre et là, je l'ai vu, en pyjama, étendu sur le lit avec l'iPod que je lui avais offert pour son anniversaire. Je l'ai appelé, il n'a pas réagi. J'ai hurlé et il a enfin ouvert les yeux.

– Ben ! Ça alors ! Mais qu'est-ce que tu fiches ici ?

Je me suis approché de lui et lui ai délicatement enlevé les écouteurs des oreilles.

– J'étais super inquiet ! Tu ne répondais pas !

– Bien sûr que je ne répondais pas ! J'écoute Farid el-Atrache[1] ! Tiens !

Il m'a tendu l'iPod, et *Dayman Maak*, la chanson préférée de ma mère, m'a envahi. Une musique dense, colorée, vibrante. J'ai fermé les yeux et je me suis allongé à côté de lui sur le lit. On est restés immobiles, à écouter Farid el-Atrache. *Dayman Maak* : « Je serai toujours avec toi. »

Mon père fermait les yeux, il s'évadait dans ses souvenirs de la Tunisie. La musique l'emmenait dans une autre vie, sous le soleil.

Quand les dernières notes ont retenti, il a essuyé les larmes qui coulaient sur ses joues et on est allés dans la cuisine. Il avait encore maigri, mais c'est lui qui m'a trouvé mauvaise mine.

– Tu as vu ta tête, Ben ? Qu'est-ce qu'il t'arrive ? On dirait que tu as vu un mort.

– C'est rien, papa.

– C'est Cathy, hein ? Ne nie pas, je le sens. Ah, les femmes !

– Tout va bien, papa. Je suis un peu fatigué, c'est tout.

Il m'a regardé d'un air malicieux.

---

1. Farid el-Atrache : chanteur arabe très populaire.

– Je préfère ça ! Vous avez fait des bêtises toute la nuit, hein ?

Il s'est servi un verre d'eau en secouant la tête.

– Sacré Ben !

Il a poussé un soupir.

– Jacqueline a fait les courses. Elle n'a même pas acheté de chocolat !

– C'est à cause de ton diabète, papa.

– Qu'est-ce que j'en ai à faire de mon diabète ! Pour ce qui me reste à vivre. Va m'en chercher.

– Mais tu…

Il avait l'air tellement triste que j'ai fini par céder.

– OK, j'y vais.

Je suis descendu acheter trois tablettes de chocolat. Quand je les lui ai tendues, son visage s'est éclairé. Ça m'a ému. Je regardais son corps frêle, sa peau plissée, ses cheveux comme des plumes de moineau, son tricot de vingt ans d'âge, ses vieilles savates…

Crise d'angoisse force 5 577. Grosses intempéries en vue.

Quand je suis rentré, Cathy était immergée dans un bain moussant. Elle avait disposé des bougies tout autour de la baignoire. Une vague de désir m'a submergé, mais elle m'a stoppé net dans mon élan.

– Bruno m'a téléphoné. Je l'ai invité à dîner demain soir avec sa copine.

Il m'a fallu un moment pour comprendre de qui elle parlait, avant qu'un vent de brutalité refasse surface dans ma vie. Notre conférencier bio n'avait pas perdu de temps, il avait appelé le jour même…

J'ai laissé Cathy mariner dans son bain, et j'ai

avalé deux vodkas-orange coup sur coup en fixant le plafond.

Pourvu que je sois un rouget dans une prochaine vie.

Une soirée entière avec Tarzan… Il allait venir avec sa copine… Bizarre… À quoi pouvait bien ressembler la femme de Tarzan ? En même temps, s'il s'avisait de lever la patte sur Cathy pour lui montrer un exercice de tantrisme, je ne me gênerais pas pour faire mes travaux pratiques avec sa femme. Cette perspective a fini par m'arracher un sourire. Quand j'ai attaqué ma troisième vodka, je souriais presque.

– 18 –

La vie est une maladie mortelle
sexuellement transmissible.

Woody Allen

Le lendemain soir, Cathy a posé les courses du dîner sur la table de la cuisine. Il y a eu un bruit sourd, suivi d'un hurlement, et nos voisins ont pu profiter d'un nouvel épisode de « Ben et Cathy ».

– BEN !!

Respiration, contrôle total…

– Oui, chérie ?

– Je t'ai déjà dit deux cents fois que, quand tu ranges de la nourriture au frigo, il faut que tu mettes du film alimentaire dessus. Ce n'est pas compliqué ça, si ?

– Non, c'est même tout ce qu'il y a de plus simple.

Elle s'est mise à glapir férocement.

– ALORS POURQUOI TU LE FAIS PAAAAAAAAS ?

– Chérie, il n'y a plus de film alimentaire.

Et là, ça a été l'effondrement psychologique sur le mode : « Il y en a marre, déjà que j'ai bossé toute la journée, si je ne peux même pas compter sur du film alimentaire, il y en a marre. »

Je l'ai laissée se calmer parce que, de toute façon, ça ne servait à rien de s'interposer entre le film alimentaire et elle. Il s'agissait d'une affaire privée, ça ne me regardait pas. Mais elle m'a méchamment taclé.

– Et pourquoi tu n'as pas acheté de film alimentaire ?

Je suis resté stoïque. Dix minutes avant son entrée en scène, je sirotais tranquillement une vodka-orange en lisant un magazine, et dans cet infime moment de relâchement, la vie m'était apparue presque clémente.

– Parce que je n'avais pas vu qu'il n'y en avait plus, chérie.

– Ça ne m'étonne pas, de toute façon tu ne vois jamais rien.

Et elle est partie dans la chambre en trombe. J'ai pris un coup de sang. J'ai lapé les dernières gouttes de ma vodka, j'ai balancé le magazine par terre et j'ai foncé vers la chambre. J'ai ouvert la porte, je suis entré et je l'ai claquée derrière moi, histoire de marquer mon territoire. On s'est affrontés du regard façon Israël-Palestine et je me suis demandé lequel des deux allait se faire exploser en premier. J'ai réussi à me calmer au prix d'un effort démentiel. Elle me regardait, furieuse, mais soudain, elle a éclaté en sanglots, désemparée. Je l'ai prise dans mes bras et l'ai bercée jusqu'à ce qu'elle se calme.

– Ne t'en fais pas, Cathy, on en achètera plein, du film alimentaire.

Une fois ce petit incident domestique surmonté, je me suis rendu d'un pas alerte dans la cuisine pour vérifier le menu du soir. Mes pires craintes se sont révélées fondées.

– Cathy… Non !

– Quoi ?

– Tu n'as pas fait ça ?

– Fait quoi ?

– Tu n'as quand même pas encore acheté des brochettes de tofu aux herbes ? Ce n'est pas possible ! Cathy, tu peux me le dire… Cathy, tu es dans une secte, c'est ça ?

– Ben, arrête, tu veux ? Bruno et sa copine ne mangent pas de viande.

– Mais moi, j'en mange !

– Justement, ça ne te fera pas de mal de manger du tofu. C'est plein de protéines.

– Mais je m'en fiche complètement que ce soit plein de protéines ! C'est ignoble.

– Va mettre la table, tu veux ?

– Ah bon ? On se la joue traditionnel ? Je pensais que, vu les circonstances, on pouvait bien jeter une peau de bête par terre dans le salon et manger dessus !

– Ben !

J'ai pris la nappe, les assiettes, les couverts et les verres et j'ai dressé la table en deux minutes chrono. Puis je me suis servi un verre. Comment allais-je faire pour m'enfiler trois ou quatre tartines de Nutella avant que les deux légumineux se pointent, et ce alors que Cathy était dans la cuisine ? Heureusement, son portable a eu la bonne idée de sonner. Comme elle l'avait oublié dans la chambre, il a bien fallu qu'elle sorte de la cuisine pour répondre. J'en ai donc profité pour foncer prendre du pain, du beurre, le Nutella et une assiette que je suis allé planquer derrière le canapé. Elle est repassée devant moi en souriant. Elle n'avait heureusement rien vu.

– C'était Bruno. Ils seront un peu en retard.

Dommage que la terreur de la jungle n'ait pas appelé pour annuler.

– Tu sais qu'il a des origines allemandes ?

J'ai sursauté.

– Hein ? Tarzan est allemand ? Il ne manquait plus que ça !

Cathy s'est enfermée dans la cuisine pour faire mariner ses brochettes immondes et préparer sa salade de pousses germées. J'ai emporté mon butin calorique dans la chambre et je me suis préparé mes tartines. Une bonne tranche de pain, beaucoup de beurre et beaucoup beaucoup de Nutella. Dommage que je ne puisse pas griller le pain. Le beurre aurait fondu dessus… J'ai tendu l'oreille. Aucun bruit. J'ai gobé mes tartines avec bonheur, et j'ai planqué le beurre et le Nutella, en attendant d'aller les remettre à leur place.

– Tout est prêt, mon Ben ?

– Moi, je suis prêt, en tout cas.

Prêt à faire bouffer ses brochettes à Tantraman.

– Ça va, je suis bien ?

Elle portait un haut rose très sexy et un jean moulant. Même un ange aurait eu envie d'elle.

Je ne la sens pas, cette soirée. Je ne la sens pas du tout.

La sonnette de la porte d'entrée a retenti et je suis allé ouvrir la porte avec un grand sourire hypocrite. Tarzan, qui me dépassait de deux têtes, se tenait devant moi, une bouteille à la main. Sûrement sa pisse de la veille, excellente pour la santé.

Mais le vrai ennui, le gros problème, c'est qu'il était tout seul. J'ai regardé autour de lui pour voir où il avait planqué sa copine, mais il n'y avait personne. Comme je continuais à la chercher en lui barrant le passage, il m'a presque bousculé pour entrer.

– Bonsoir, Cathy. Tu vas bien ? Je suis désolé, Stéphanie a raté son train. Elle était en province pour un stage.

– C'est pas grave.

T'as raison, c'est pas grave.

J'étais sûr et certain qu'il n'y avait pas de Stéphanie et que le blaireau nous bluffait.

– Elle peut toujours nous rejoindre pour le dessert…

– Malheureusement, je pense qu'elle va arriver très tard, à moins qu'elle reste une ou deux journées de plus là-bas. Le stage qu'elle anime est passionnant. Elle enseigne à des couples comment avoir une sexualité cosmique régulée.

Cathy semblait totalement sous le charme, je n'en revenais pas. L'Allemand lui a tendu sa bouteille.

– C'est du jus d'herbe.

– C'est incroyable, j'ai failli en acheter tout à l'heure !

– Tu vois, preuve que la transmission de pensée fonctionne. C'est comme si, parce que je suis en connexion avec toi, j'avais capté tes signaux. Tu sais, cet aspect de la relation à l'autre est totalement occulté dans notre société où tout doit être rationnel. En réalité, l'irrationnel tape sans cesse à notre porte et c'est nous qui refusons de lui répondre. Il faut toujours laisser sa chance à l'inconnu et au mystère de la vie…

Le gourou casse-burnes était parti sur sa lancée, impossible de l'arrêter. Le pire, c'est que Cathy buvait ses paroles. Je lui ai tendu un verre.

– Un peu de jus d'herbe, à moins que tu ne préfères une vodka ?

– Je ne bois jamais d'alcool, merci.

Je leur ai servi à chacun un verre de leur breuvage infect.

– Moi, je vais me prendre une petite vodka-orange.

– Tu sais que l'alcool est très mauvais pour la santé. Pas seulement pour le foie, pour les organes de reproduction aussi. Un homme qui boit est moins apte à gérer ses émotions sexuelles. Il est souvent sujet à des pannes d'érection, ou à une sexualité rapide et insatisfaisante, surtout pour sa partenaire.

Je lui ai fait un sourire hypocrite, et j'ai apprécié que Cathy ne se donne même pas la peine de démentir.

– Ben, tu peux amener les carottes et le bol de sauce au soja ?

Elle me parlait dans une langue étrangère. J'étais en train de quitter mon corps.

Des gens ont envahi ma maison. Des inconnus qui se nourrissent de tofu, de sauce soja et de jus d'herbe.

L'apéritif s'éternisait.

Respiration. Contrôle total...

Tarzan n'arrêtait pas de parler. Comme je ne pouvais pas en placer une, au bout d'un moment j'ai carrément renoncé.

– Et si on passait à table ? ai-je lancé l'air guilleret.

Tarzan a semblé émerger de la jungle et s'est levé. C'est vrai que, quand j'étais debout à côté de lui, j'étais clairement défavorisé. Je me faisais un peu l'effet d'un cafard face à un lion avec une crinière sublime. Il faisait à peu près deux fois ma hauteur et deux fois ma largeur, tout en muscles qu'on voyait se dessiner à travers son espèce de chemise en soie blanche. Si moi, je mettais ce genre de truc, je ressemblerais à un saucisson roulé dans un drap pourri.

La vie n'est vraiment pas juste.

Cathy a servi avec grâce les brochettes de tofu qu'elle avait fait préalablement mariner dans une sauce soja immonde. Tarzan semblait chez lui. J'ai soudain imaginé que Cathy et lui allaient se marier, avec la brochette de tofu comme témoin, et ça m'a fait rigoler. Ils m'ont regardé sans comprendre, mais je leur ai fait signe de ne pas faire attention.

C'est rien, je suis juste en train de me foutre de vous.

– J'ouvre une bouteille de vin ?

– Je ne bois pas de vin, merci, a bavé Monsieur Univers.

– Moi non plus, a enchaîné Cathy avec aplomb.

– Mais si, Cathy, tu bois quand même un peu. Enfin, chérie, tu adores le vin rouge. Prends-en quand même un verre. Allez !

– Ne te gêne pas pour moi, Cathy. Ça ne me dérange absolument pas.

Il manquerait plus que ça te dérange, connard. On est chez nous, là, ou tout Paris est sur ton territoire ?

J'ai servi un grand verre de vin à Cathy et je m'en suis envoyé un.

– C'est dommage que ta copine ne soit pas là.

Le blond m'a regardé, amusé.

– Pourquoi, tu te sentirais plus à l'aise ?

– Mais je me sens très à l'aise ! C'est juste que ça aurait fait un chiffre pair.

– Tu sais, moi, j'ai pris l'habitude de laisser faire la vie, de ne jamais essayer de la brusquer. Stéphanie devait venir, elle n'a pas pu venir. Au lieu de me dire que c'est vraiment dommage et de me gâcher la soirée, j'accepte qu'elle ne soit pas là. Je me dis même qu'il n'y a pas de hasard et qu'elle a peut-être raté son train pour une bonne raison.

– Ah oui ? Et pour quelle raison, par exemple ?

– Peut-être qu'on n'aurait pas pu avoir à quatre la qualité d'échange qu'on a à trois.

J'ignorais que notre échange présent était de qualité, mais j'étais absolument ravi de l'apprendre.

– Cathy aurait peut-être été moins à l'aise.

– Ah bon ? Et pourquoi ça ?

– Parce qu'une autre femme aurait introduit une notion de rivalité subtile et qu'il aurait fallu un peu de temps pour dissiper ces ondes-là.

– Si tu le dis…

L'Allemand me fixait d'un air zen qui m'a donné envie de lui casser les dents, mais je lui ai fait un sourire façon tofu.

– Ce que je ressens de toi, Ben, c'est que tu es un être très nerveux…

Nerveux, moi ? Mais non, pourquoi tu dis ça, connard ?

– … Tu es toujours dans le mental…

C'est vrai qu'à la différence de certains, j'ai un cerveau.

– … Tu ne pratiques pas assez le laisser-aller…

C'est-à-dire que, si je me laissais aller maintenant, tu décéderais dans les trente secondes, grand gourou.

– … Ce qui est important, c'est d'être capable de faire le vide…

T'inquiète, grand, quand tu es en face de moi, j'ai une notion très précise du vide.

– … Les sentiments affleurent, on les ressent, puis on passe par une phase de compréhension, de neutralisation de la mauvaise énergie et, enfin, de vide mental. C'est une phase primordiale, qui permet de ne plus être l'esclave de ses pensées. Le stress disparaît.

Cathy avait l'air très intéressée.

– Je comprends bien ce que tu dis, mais j'ai beaucoup de mal à faire le vide. J'ai tout le temps des pensées qui viennent et je n'arrive pas à les chasser.

– Il faut se baser sur sa respiration, au début. C'est le déclencheur de tout.

– Je crois que j'ai du mal à respirer.

Et ça a continué comme ça pendant une éternité. J'ai savamment planqué mes brochettes de tofu dans ma serviette et j'ai bu plusieurs verres de vin pendant que Tarzan carburait au jus d'herbe. Puis j'ai débarrassé et Cathy a apporté le dessert. Des yaourts au lait de brebis, parce que le lait de vache était blacklisté chez nous. J'ai noté que Tarzan ne bougeait pas beaucoup son cul. Il a bouffé son yaourt et s'est tourné vers Cathy.

– Si tu veux, on peut faire un petit exercice de respiration.

– Euh… oui, pourquoi pas ?

Ils se sont assis par terre en tailleur. Le blond a dit à Cathy de fermer les yeux et d'imaginer un paysage magnifique.

– Voilà, ferme bien les yeux et pars… Focalise-toi sur ce paysage… Et respire profondément… C'est ça, inspire, expire… Voilà, comme ça…

Cathy avait l'air super calme. C'est à ce moment-là qu'en me levant j'ai fait tomber la bouteille de vin, vide heureusement, mais elle a fait un bruit d'enfer en s'écrasant par terre. Cathy a instantanément ouvert les yeux.

– Merde, Ben, tu peux pas faire attention ?

– C'est parce que j'étais en train de faire l'exercice en même temps que toi, mon amour. J'ai senti que je quittais presque mon corps et, du coup, j'ai lâché la bouteille.

Elle m'a regardé, sceptique, mais le blaireau est venu à ma rescousse.

– Oui, en effet, ça arrive chez les gens qui n'ont pas l'habitude. Ils ont comme une perte de conscience.

J'ai nettoyé les morceaux de verre pendant que la séance de méditation continuait.

– … C'est ça, ne pense à rien… laisse-toi complètement aller… Tu es une plume… Voilà, inspire… expire…

Et toi, tu es un poil de cul.

Cathy inspirait, expirait. Tarzan a ensuite posé sa main sur son torse, pour contrôler sa respiration. Cathy a ouvert les yeux et j'ai vu du désir dans ses yeux.

Voilà, on est en plein dedans. Acte trois, scène trois. Le cauchemar biologique.

– Dans le tantrisme, on apprend à entrer en contact avec son masculin et son féminin. On a les deux polarités en nous. Le sexe n'est plus un assouvissement immédiat, mais la quête de l'union avec le cosmos.

Je dois dire que je n'avais jamais vraiment pensé à me taper le cosmos, mais maintenant qu'il en parlait, pourquoi pas ? S'envoyer les étoiles, la Lune et toutes les galaxies, ça devait être d'enfer ! Tiens, hier soir, tu ne sais pas ce que j'ai fait ? J'ai niqué la Lune. C'est une de ces salopes !

– On peut faire la vague, si tu veux.

Faire la vague… La dernière fois que quelqu'un avait fait la vague en Asie, il y avait eu deux cent mille morts, mais j'étais prêt à tenter l'expérience. Tarzan et Cathy se sont mis face à face et se sont regardés dans les yeux. Je me suis senti complètement rejeté. Ils se sont touchés et ils ont commencé à bouger, vers l'avant et vers l'arrière. Ça avait l'air de leur faire beaucoup d'effet, moi j'avais le mal de mer. Au milieu de la vague tantrique, moi, ce que je voyais, c'était juste un gros requin avec une chemise en soie blanche.

– Je crois que tu es vraiment prête pour une expérience tantrique, Cathy.

– Tu crois ?

Là, il s'est tourné vers moi.

– Vous faites l'amour comment, tous les deux ?

– Très bien merci.

– Excuse-moi, Ben, je ne voulais pas être indiscret…

– Bien sûr que non !

– C'est juste que je me demandais où vous en êtes dans votre couple. Je sens que Cathy est vraiment très haut, prête à vivre beaucoup de choses. Mais toi, je te sens plus méfiant, moins réceptif à son ouverture.

– Alors là, mon pote, tu te goures complètement. Je suis on ne peut plus ouvert. Cathy est libre de faire ce qu'elle veut. Elle a même une aventure avec un peintre. Il s'appelle Thomas. Il est génial, j'adore ce mec.

Cathy a baissé la tête, gênée.

– Je n'aurais jamais imaginé que vous étiez si loin. C'est très positif pour le tantrisme, ça. Il faut être ouvert d'esprit pour pouvoir recevoir l'enseignement.

Son charabia me prenait la tête.

– Je pense que si Cathy le souhaite, on peut passer à une initiation tantrique de premier niveau.

– Et il y a combien de niveaux ?

– Une dizaine, pour vraiment maîtriser les flux et les reflux.

– Je ne sais pas. C'est dommage que ta copine ne soit pas là, quand même. On ferait peut-être mieux de l'attendre pour l'initiation, non ?

– Tu sais, ça ne changera pas grand-chose. Elle pourra toujours venir la prochaine fois. Qu'est-ce que tu en penses, Cathy ?

– Je… je ne sais pas…

Le diable est dans mon salon. Je suis fait comme un rat.

J'ai décidé de me saborder moi-même, en ayant une pensée pour Claire.

– Allons-y, initions-nous au tantrisme. Depuis le temps que j'en rêve ! Ça ne vous dérange pas que je vienne, au moins ?

Tarzan m'a fait un sourire hypocrite.

– Bien sûr que non.

On s'est dirigés vers la chambre. Cathy semblait déjà dans un autre monde. Tarzan s'est approché d'elle, ils se sont serrés. J'ai réussi à me taper l'incruste et elle m'a embrassé. On l'a déshabillée, elle s'est étendue sur le lit, nue. J'ai enlevé mes fringues en vitesse, et je me suis allongé près d'elle. J'avais une envie folle que le blond se casse, mais quand j'ai ouvert les yeux, je l'ai vu enlever tranquillement sa chemise en soie. Il avait des muscles d'un autre monde. Cathy le fixait, fascinée.

Quand il a enlevé son pantalon, j'ai vu ses fesses de mutant. Mais le pire, c'est quand il s'est retourné. Il avait un sexe énorme. Un truc que, même dans mes pires cauchemars, je ne pouvais pas manager. Je me suis instinctivement reculé en serrant Cathy contre moi. C'est impossible, ce n'est pas humain de se balader avec un truc pareil. Est-ce qu'il a un permis de port d'armes, au moins ? Je ne peux pas le laisser s'approcher de Cathy !

J'ai posé les yeux sur mon sexe et la comparaison m'a fait souffrir comme une bête. Cathy s'est approchée de Tarzan et ils ont refait leur espèce de vague pourrie en s'embrassant. J'aurais voulu être aveugle, ne jamais voir ça. C'était horrible. Cathy a poussé un cri. Je me suis approché, fou d'inquiétude, persuadé qu'elle avait mal, mais elle souriait. Ensuite, il l'a soulevée, magistral. J'étais anéanti. Cathy a eu deux ou trois orgasmes à la suite. Il souriait, en contrôle total. Puis l'enfer a commencé. Il l'a pénétrée après trois quarts d'heure de préliminaires. Elle a crié. Ils se regardaient toujours dans les yeux en se faisant des sourires cosmiques. J'avais l'impression que quelqu'un était en train de serrer ma gorge. J'étouffais. Il la tournait, la retournait, la faisait sauter d'avant en arrière, par-devant, par-derrière. C'était le quart d'heure des figures libres. Il ne manquait plus que les commentaires de Nelson Monfort. Et un, deux, trois, onze, vingt, trente orgasmes. Elle avait complètement oublié mon existence. Elle ne savait même plus que j'existais. Puis le blond m'a royalement fait signe de m'approcher et m'a laissé sa place. J'ai été en dessous de tout. Je n'avais aucune résistance, comparé à lui.

Tarzan est revenu à la charge et le spectacle a repris façon trophée de l'enfer. À un moment, il a assis Cathy sur lui et lui a fait faire la toupie. Elle n'en pouvait plus. Je voyais un sourire béat sur son visage. Tarzan ne bronchait pas, il était en contrôle total.

Je touche le fond. Je vais crever.

Je suis tombé par terre. J'avais la nausée. Il n'y avait personne pour me tendre une main secourable. J'étais tout seul devant ce spectacle odieux. Je me suis dit que Claire Montfort avait enfin ce qu'elle voulait et qu'elle devait être contente de me voir comme ça.

Ma famille a évité Auschwitz, je suis en train de payer mon dû. L'Allemand m'a retrouvé. Il est de retour. Ça sent l'imperméable en cuir et les bottes de nazi.

J'avais la tête lourde. L'atmosphère de la chambre était tellement étouffante que je suis sorti faire quelques pas dans le couloir. Quand j'ai croisé mon reflet dans le miroir, j'ai eu du mal à me reconnaître. Des larmes silencieuses coulaient sur mes joues et mes yeux étaient injectés de sang. Je me suis approché et j'ai vu que les vaisseaux de mes yeux avaient éclaté.

Je suis en train de disjoncter.

Cathy continuait de crier. Je ne comptais plus ses orgasmes. Elle était hors compétition.

Je me suis servi un verre pour calmer mes nerfs, mais ça ne m'a fait aucun effet. Mon cœur battait tellement fort que j'ai eu peur de mourir d'une crise cardiaque. L'idée de la présence du blond à mon enterrement m'a redonné de l'énergie. Je me suis assis, levé, assis, levé. Puis je me suis mis à faire des bonds dans le salon. J'ai rampé par terre, j'ai boxé l'air, j'ai donné des coups de pied, et j'ai fini par tomber à la renverse. Quand je suis retourné dans la chambre, le spectacle continuait. Il était 5 heures du matin. On avait commencé cette petite sauterie à minuit. Ça faisait cinq heures que ça durait. C'était Tantraman, le seul, l'unique. Je me suis avachi contre le mur et j'ai pleuré en silence. Les deux étaient complètement partis. Le blond n'aurait pas été en train de mouliner ma femme, je lui aurais décerné le Phallus d'or, ou la Légion d'horreur. Ce type était un bienfaiteur de l'humanité, une machine à donner du plaisir, un gourou tantrique. Le problème, c'est qu'il était dans ma femme depuis cinq heures.

Soudain, j'ai senti quelque chose de visqueux couler dans ma bouche. Je me suis traîné dans la salle de bains, et là, j'ai vu que je saignais du nez. Il y en avait partout. Je me suis évanoui. Je ne sais pas combien de temps je suis resté allongé sur le carrelage de la salle de bains mais, quand je suis revenu à moi, il était 6 h 10. Je me suis redressé et me suis nettoyé lumière éteinte, pour ne pas m'évanouir une deuxième fois. J'ai pris un tee-shirt dans le panier à linge sale, et je suis retourné dans la chambre.

Ce que j'y ai découvert a achevé de m'anéantir. C'était le grand final, la spéciale dédicace de la mort. Cathy était blottie dans les bras du blond, et ils dormaient, tous les deux, dans mon lit. L'idée de le castrer m'a traversé l'esprit. Épuisé, anéanti psychologiquement, détruit physiquement, j'ai pris une couverture qui traînait par terre et je suis allé m'allonger sur le canapé du salon.

Il y a quoi après l'enfer ? L'enfer XXXL ?

Je venais de vivre un jour fondateur, définitif. Je me demandais si je pourrais encore souffrir après ça. J'avais l'impression que j'étais recouvert de goudron. Je n'avais plus mal, j'étais au-delà de la souffrance. Je me suis mis en position fœtale et j'ai sombré dans un semi-coma, en tétant les bords de la couverture.

– 19 –

J'aimerais terminer sur un message d'espoir.
Je n'en ai pas. En échange,
est-ce que deux messages de désespoir vous iraient ?

Woody ALLEN

Malheureusement pour moi, le lendemain était un dimanche. J'ai été réveillé par le blond, qui a surgi, nu, dans le salon. J'ai poussé un cri. Les images de la veille me sont revenues en mémoire et j'ai ressenti une souffrance intolérable. Le ciel était gris et morne, et un crachin déprimant tombait du ciel. Heureusement, la vie m'a accordé un bref moment de répit et j'ai sombré à nouveau dans le sommeil.

Peu de temps après, j'ai entendu des bruits de bols et de couverts et j'ai vu le blond qui sortait tout juste de la douche. Cathy s'est approchée de moi.

– Ça va ?

– Super. Je suis vivant ou je suis mort, là ?

– Qu'est-ce que tu as aux yeux ?

– Rien. Ce sont les vaisseaux.

Le blond a posé une main virile sur mon épaule.

– Il faut dire qu'on a voyagé dans l'espace, cette nuit ! Pourquoi tu n'as pas dormi avec nous ?

– Il n'y avait pas de place pour moi.

– Tu aurais dû nous pousser !

– Je vais me doucher.

Je ne pensais qu'à une chose : le départ de Tarzan.

Qu'il prenne de quoi se restaurer avant de repartir chasser dans la brousse.

Je me suis regardé dans le miroir. J'avais une mine à faire peur. J'étais livide et mes yeux étaient injectés de sang. Je me suis mis de l'eau sur le visage et du collyre dans les yeux. Ça m'a un peu soulagé.

En sortant de la douche, le blond était assis sur MA chaise, il buvait MON café, dans MON mug, avec MA femme.

– Ben, tu vas bien ?

– Super. J'adore ce genre de soirée expérimentale *roots*.

Cathy m'a servi du café et s'est régalée d'un jus de gland bio.

– Je pense que ce serait bien qu'on conscientise un peu la soirée d'hier, a lancé Tarzan.

Je me demandais dans quel ordre j'allais le découper en morceaux.

– Comment tu as vécu ça ? m'a demandé le blond.

– C'était… intéressant. Mais j'ai trouvé que les « énergies » étaient un peu déséquilibrées.

J'avais sciemment employé le mot « énergie », j'étais sûr qu'il comprendrait.

– Je vois. Tu veux dire que tu aurais aimé faire l'amour avec une autre femme, hier soir ?

– Pas avec une autre femme. Avec TA femme.

– Tu aurais ressenti plus de satisfaction ?

– Peut-être, oui.

– Donc le plaisir de Cathy ne t'a pas suffi pour être pleinement épanoui ?

– Pour te dire la vérité, je me suis senti rejeté. Vous êtes partis dans un trip à deux, dans lequel il était assez difficile de s'immiscer.

– Ça fait effectivement partie de l'initiation. Mais tu n'as pas été rejeté. C'est peut-être dur pour toi d'entendre ça, mais tu n'avais pas le niveau pour monter.

– Pour monter où ?

– Tu as sans doute remarqué qu'on est partis assez loin, Cathy et moi. Et que je n'ai pas éjaculé.

– Euh... oui... enfin j'ai cru comprendre que non, effectivement.

– Et pourtant, je suis resté longtemps dans Cathy, n'est-ce pas ?

Tu l'as dit, bouffi !

– Alors que toi, manifestement, tu ne sais pas contrôler ton éjaculation.

– ...

Je me suis senti humilié.

– Il faut s'extraire de l'envie de jouir. Sinon tu jouis tout de suite et, non seulement ta partenaire n'a pas de plaisir, mais en plus ton plaisir à toi est très limité.

– Non mais, ce n'est pas tout le temps comme ça, faut pas exagérer ! Hein, Cathy ?

Elle a mollement démenti.

– C'est rien, c'est juste un petit réajustement à

faire pour que tu arrives à te contrôler. On peut travailler ça.

Ravi de l'apprendre.

Tarzan s'est tourné vers Cathy.

– Et toi, comment tu as vécu la soirée d'hier ?

Elle a eu l'air un peu gênée.

– Euh… c'était bien… Je… je trouve que j'ai réussi à bien me laisser aller…

Ça, c'est le moins qu'on puisse dire !

Tarzan lui a fait un grand sourire.

– Tu as été parfaite. Pour le premier niveau.

Si ce que j'avais vécu hier c'était le premier niveau, je n'osais pas imaginer ce qu'allaient être les autres niveaux. Et je ne voulais pas le savoir. *Niet. Nada. Nicht.*

– Tu vas progresser très vite, Cathy. Tu peux devenir une grande tantrika.

Tantrika, c'est le mot savant pour « salope » ?

Cathy semblait flattée. Je réfléchissais à deux cents à l'heure. J'ai décidé de mettre mon grain de sel dans la conversation.

– Je pense que ce serait intéressant que, maintenant que tu as ressenti l'amour tantrique, tu puisses restituer ça à Thomas.

Le blond m'a fixé d'un air vide.

– Thomas, qui est un peintre très talentueux, sera sûrement ravi, la prochaine fois que tu feras l'amour avec lui, de sentir ton évolution.

Tarzan n'avait pas l'air content du tout.

– Si je peux me permettre, il faut faire très attention. Quand on est en pleine initiation tantrique, on ne doit pas faire l'amour avec n'importe qui. Ça pollue les circuits.

– Je t'assure que Thomas n'est pas n'importe qui. C'est un artiste, il a une grande sensibilité. Et il aime beaucoup Cathy. Pas vrai, chérie ?

Je préférais qu'elle passe des nuits entières avec Thomas, plutôt qu'avec le blond. Thomas était un être humain, comme moi. Alors que l'autre, c'était un monstre, taillé dans le roc. Ce type était une humiliation permanente, une insulte à tous les Sémites de la terre. C'étaient les Romains et les Allemands réincarnés dans un corps d'Aryen divinisé. Et quand il lui prenait fantaisie de s'unir au cosmos par l'intermédiaire de ma femme, ça faisait de gros dommages collatéraux.

Il a continué à déblatérer sur le fait qu'il ne fallait pas perturber l'initiation, mais je sentais que je ne pourrais pas supporter plus longtemps de le voir traîner chez moi, le sexe en bandoulière. Si je laissais trop d'intimité s'installer entre lui et Cathy, on était partis pour revoir en boucle le film d'horreur de la veille. Et ça, c'était hors de question. Au-delà d'hier soir, il y avait la folie. Et juste après la folie, il y avait la mort.

– Bruno, merci pour la soirée. C'était fort sympathique de ta part.

Je me suis levé pour lui faire comprendre qu'il pouvait disposer. Bitman a donc soulevé à regret sa carcasse biologique, non sans avoir préalablement jeté un coup d'œil à Cathy pour avoir son aval. Je me suis dirigé rapidement vers la porte, et je l'ai ouverte en grand pour lui signifier qu'il fallait qu'il retourne sur sa planète, tout au fond de la galaxie. Je l'ai entendu chuchoter quelque chose à Cathy, et il est parti.

Cathy a nettoyé la table.

– Il t'a dit quoi, avant de partir ?

– Rien…

– Si, je l'ai entendu te chuchoter un truc.

– Euh… Il m'a dit qu'il était fou de moi… Un truc comme ça.

– Je vais prendre un bain.

– Mais tu viens à peine de te doucher !

– Oui, mais comme tout tombe à l'eau, il faut bien que je m'accorde…

Elle m'a regardé, paniquée.

– Tu veux que je te le fasse couler ?

– Non, je préfère couler tout seul.

Avec un peu de chance, je vais m'endormir dans la baignoire et me noyer.

– Ben, tu es sûr que ça va ?

– Très bien ! Pourquoi tu me poses la question ?

J'ai mis tellement de mousse dans le bain qu'il n'y avait presque plus de place pour moi. J'ai posé sur le rebord de la baignoire un coussin que j'avais acheté exprès, j'ai mis les écouteurs de mon iPod dans mes oreilles et j'ai écouté du piano. Une musique incroyablement belle. Le genre qui vous réconcilie avec l'humanité. Sauf que, ce coup-ci, ça n'a pas marché.

Respiration. Contrôle total…

J'ai pensé à Claire. Curieusement, au moment où je me sentais au plus bas, je pensais à ma tortionnaire. Elle était l'antidote et le poison.

J'avais quitté mon corps depuis une bonne heure, quand j'ai senti une main sur mon épaule. J'ai ouvert les yeux en sursautant. Cathy était assise sur le rebord de la baignoire.

– Tu es sûr que ça va, Ben ?

– Super. Je me relaxe, ça me fait du bien. Je vais rester encore un peu.

– Tu m'en veux ?

– Pas du tout, Cathy. J'ai juste besoin de décompresser un peu. Je ne peux pas parler maintenant. Je n'en suis pas capable. Tu comprends ?

– Tu me pardonnes ? Je ne sais pas ce qui m'a pris, je suis désolée, je…

Des larmes coulaient sur ses joues.

Je lui ai dit que je n'avais rien à lui pardonner et que je l'aimais, mais une question me taraudait. Comment avait-elle pu m'oublier à ce point, cette nuit ? J'ai rajouté de l'eau chaude dans la baignoire, c'était mon liquide amniotique à moi. La salle de bains était le seul endroit non hostile de la planète.

Pour combien de temps ?

Inutile de vous dire que j'ai passé une des pires journées de ma vie. L'angoisse était plus forte que jamais. L'idée même de dormir m'angoissait. Et s'il arrivait quelque chose de grave pendant mon sommeil ? Et si je ne me réveillais jamais ? On s'allonge, confiant dans l'avenir, certain de se réveiller, mais qu'est-ce qu'on en sait ?

Mon cerveau tournait à cent à l'heure. J'ai senti arriver la crise de panique et je me suis mis à penser à des choses stupides. Comment la tour Eiffel tient-elle debout ? Et si elle s'effondrait ? Et l'immeuble, comment tient-il dans le sol ? Et nous, comment on tient sur la terre, alors qu'elle est ronde et qu'elle flotte dans le cosmos ? Pourquoi on ne tombe pas ? Et d'où vient le vent ?

Ce genre de crise ne m'était jamais arrivé avant. Avant Claire Montfort.

J'ai fini par m'endormir vers 3 heures du matin d'un sommeil lourd. J'ai rêvé que j'étais allongé dans une ville en ruine. De la fumée sortait du sol. Tout était rasé. J'étais couché par terre. J'ai levé la tête et j'ai compris que j'étais le seul survivant. Un sanglot est monté dans ma poitrine. Soudain, j'ai vu quelqu'un s'avancer vers moi. Il voulait me tuer. Il ne devait y avoir aucun survivant. Il a mis ses mains autour de mon cou et a serré.

– Non ! Non ! Non !

Cathy m'a secoué et je me suis réveillé. Je me suis rendu compte que mes deux mains étaient serrées autour de mon cou.

– Ça va, mon amour ?

– Il a voulu me tuer… Oh mon Dieu !

– C'est rien, Big Ben, c'est juste un cauchemar.

– Il était là, je te dis. Il a voulu me tuer.

Elle m'a regardé l'air un peu inquiète.

– Qui ? Qui a voulu te tuer ?

– Il veut me tuer et il est déterminé.

– Rendors-toi. C'est fini.

Elle m'a embrassé et s'est rendormie presque immédiatement.

Dans le visage de mon assassin, j'avais vaguement reconnu le blond. Mais ce n'était pas lui, c'était un plus puissant que lui, un genre de blond platine, l'autorité suprême des blonds, le grand manitou tantrique, l'enfoiré international. Il voulait ma peau. Il allait profiter de chacune de mes faiblesses. Il fallait réagir vite. Il était 5 heures du matin, plus que trois heures à tirer. L'enfer. J'ai pris mon oreiller et une couverture et je suis allé m'allonger sur le canapé avec mon iPod. J'ai laissé toutes les lumières allumées, histoire de faire fuir les sangsues qui me dévoraient la tête. J'ai mis du piano, et j'ai imaginé que je m'endormais avec une mitraillette. Ça a dû faire de l'effet, parce que aucun blond ne s'est manifesté. J'ai dormi comme un bébé, jusqu'à ce que j'entende Cathy me dire que j'étais en retard. Je me suis levé tel un automate en ayant l'impression d'avoir été lobotomisé pendant la nuit.

Vol au-dessus d'un nid de coucou.

20

Y a-t-il une vie après la mort ?
Seul Jésus pourrait répondre à cette question.
Malheureusement, il est mort.

COLUCHE

Heureux hasard du calendrier, le lendemain, j'avais rendez-vous avec Claire. Elle m'avait bien eu, avec ses provocations stupides. J'avais voulu lui prouver que j'étais un homme, un vrai, et maintenant ? L'image du blond avec sa panoplie bio m'obsédait et j'avais du mal à imaginer que je pourrais refaire l'amour à Cathy. Qu'est-ce que je devais faire ? Agir comme si rien de tout cela n'était arrivé ? Mais c'était arrivé. Le blond avait bel et bien passé la nuit de samedi à dimanche dans notre lit. J'avais une hémorragie du cœur, j'allais très bientôt avoir besoin d'une transfusion, voire d'une greffe, mais ça m'étonnerait qu'on trouve un donneur.

Le premier qui me demande si j'ai passé un bon week-end, je lui fais un trip Massacre à la tronçonneuse.

Il fallait que je me protège de la souffrance brûlante que je ressentais par vagues successives. Une souffrance façon tsunami, dans mon cœur et dans ma tête. D'une magnitude tellement élevée qu'il n'y avait même plus d'échelle de Richter. Tous les signaux étaient au rouge. J'étais tout seul sur la plage de l'enfer et personne n'avait l'intention de venir me sauver.

J'ai eu envie d'entendre la voix de Natasha, un bon petit shoot d'Ukraine me semblait tout indiqué, mais, comme toujours, je suis tombé sur sa messagerie.

– Natasha, c'est Ben. J'avais besoin de te parler… c'est pas grave… Je vais passer à ton cours. Il faut que je te voie. À tout à l'heure.

Je me suis pointé chez Claire en rassemblant tout ce que je pouvais encore trouver d'un peu digne en moi. Pas facile, je vous le dis.

– Qu'est-ce que vous avez aux yeux, Ben ?

– C'est rien, juste les vaisseaux…

– Vous allez bien ?

Le regard qu'elle m'a jeté au moment où je lui affirmais que oui, ça allait très bien, a ouvert les vannes. Je me suis effondré, ça sortait de partout sans que je puisse rien faire pour m'arrêter. Mes yeux étaient devenus des robinets. Je me disais qu'il fallait que je fasse quelque chose parce que, sinon, j'allais provoquer une inondation et on allait tous couler. Claire m'a laissé pleurer sans dire un mot. Mes larmes ont fini par se tarir. J'avais touché le fond.

– Que s'est-il passé, Ben ?

– C'est Cathy… ai-je articulé lamentablement.

– Je vous écoute.

– Elle a… elle a… couché avec Tarzan…

– Avec Tarzan ?

– Il était chez moi ce week-end…

Je lui ai tout raconté. Comment on avait fait sa connaissance, comment il s'était pointé avec son jus d'herbe, sans sa copine, et comment Cathy et lui avaient passé la nuit de samedi à dimanche à faire une compétition de tantrisme en me laissant seul comme un chien.

Pour la première fois depuis notre rencontre, j'ai senti un début de respect dans les yeux de Claire. Elle devait sûrement se dire que j'étais le tocard le plus courageux qu'elle ait jamais rencontré.

– Vous en avez parlé avec Cathy ?

– Lui parler ? Mais c'est impossible ! Je ne sais même pas comment je vais faire pour rentrer chez moi. Ce n'est plus chez moi, d'ailleurs. Ça sent le blond partout. J'ai même retrouvé un de ses cheveux sur mon oreiller. Il est là… Il est partout, je vous dis…

– Je comprends très bien votre réaction, mais Cathy a besoin de vous. Elle est sûrement déstabilisée.

– Déstabilisée ? La pauvre chérie ! Moi, je ne suis pas déstabilisé, je suis MORT ! Je suis en train de vous parler de l'au-delà.

– Un peu de tolérance, Ben.

– De la tolérance ? J'ignorais que ce mot faisait partie de votre vocabulaire.

– Son attitude avec Tarzan ne signifie pas qu'elle ne vous aime plus.

– Non, effectivement. Ça signifie juste qu'elle ne m'a jamais aimé.

Je me suis remis en mode pathétique avec larmes et beuglements.

– Imaginez : vous vous retrouvez au lit avec une femme sublime, Cathy est à côté de vous. Mettez-vous mentalement dans cette situation.

– Je ne veux pas.

– Pourquoi ? Vous avez peur de découvrir que vous auriez peut-être eu la même attitude qu'elle ?

– Je n'aurais pas eu la même attitude qu'elle.

– Qu'est-ce que vous en savez ?

– Je le sais, c'est tout.

– À votre avis, que ressentirait Cathy si elle découvrait que vous avez couché avec d'autres femmes depuis que vous êtes ensemble ? De l'abandon, du dégoût, de la tristesse ?

– Mais ça n'a rien à voir ! Le corps de Cathy a changé, maintenant… Il y a eu effraction… C'est affreux !

– Vous lui avez demandé de vivre ses pulsions en lui disant que vous pouviez les assumer et, au deuxième homme avec lequel elle couche, vous allez partir ? Vous êtes vraiment un modèle de courage. Mais ça ne m'étonne pas de vous.

Forcément, ça m'a énervé.

– Et je peux savoir pourquoi ?

– Je savais que vous n'aviez pas assez de tripes.

– Vous continuez à me provoquer ?

– Non, je vous aide simplement à vous voir tel que vous êtes.

– Vous croyez que je suis un minable ? Vous vous trompez. Je suis Ben Portman et, blond ou pas blond, je ne me laisserai pas abattre ! Que Tarzan aille au diable, je suis sûr qu'il connaît déjà le chemin.

Piqué au vif, j'ai continué comme ça jusqu'à la fin de la séance. Claire m'a ensuite calmement raccompagné à la porte, et je me suis retrouvé sur le trottoir, hébété.

Voyage au bout de l'enfer.

– 21 –

La vie, c'est comme une bicyclette,
il faut avancer pour ne pas perdre l'équilibre.

Albert Einstein

Natasha… Il fallait que je la voie. Elle pouvait sûrement comprendre, elle. Mais le centre de danse où elle donnait ses cours était étrangement vide. J'ai presque réveillé la femme avachie à l'accueil.

– Bonjour, madame. Je cherche Natasha.

– Elle n'est pas ici.

– Vous savez où elle est ?

– Sa mère a eu un problème.

– Quel genre de problème ?

– Je ne sais pas. Je sais simplement qu'elle est à l'hôpital Saint-Joseph.

– Merci, madame.

J'ai couru comme un fou pour attraper un taxi et j'ai foncé à l'hôpital.

Le bâtiment était immense, mais j'ai réussi à trouver le service des admissions (sans avoir besoin de balises de détresse).

– Bonjour, je viens voir Mme Kaminka.
– Quel service ?
– Je ne sais pas.
La femme a cherché dans son ordinateur.
– Elle est en gastro.
Elle m'a tendu un plan et a fait des ronds dessus avec un marqueur.
– On est ici. Vous allez sortir, prendre à gauche, continuer dans l'allée, puis deuxième à droite, première à gauche, vous continuez jusqu'au fond et c'est la dernière porte à droite. Bâtiment E, troisième étage, chambre 312.
Je lui ai arraché le plan des mains, et j'ai foncé. Je me suis perdu trois fois et, au bout de vingt minutes, j'ai fini par trouver le bâtiment E. Un silence de mort régnait dans les couloirs. Je n'ai vu personne, jusqu'à ce qu'une infirmière sorte d'une chambre.
– Vous cherchez quelle chambre ?
– La 312. Mme Kaminka.
– Vous êtes un parent ?
– Oui.
Elle m'a accompagné, a frappé et est entrée. La mère de Natasha était allongée sur son lit. Elle ressemblait à un cadavre vêtu d'une chemise de nuit rose. Ses cheveux bruns et longs étaient parsemés de fils blancs. Son teint était presque translucide. Elle était d'une maigreur effrayante. Natasha n'était pas là.
– Madame Kaminka, vous avez une visite.
Elle a tourné avec peine la tête vers moi et, à mon grand soulagement, n'a eu aucune réaction. L'infirmière m'a fait signe de m'approcher et a quitté la chambre.

Je suis resté un moment debout, sans savoir vraiment quoi faire, puis je me suis avancé vers elle. Une chaise était posée près du lit. Je me suis assis. Elle m'a fixé un long moment en silence.

– Bonjour, madame.

– Anton… tu es… venu…

– Euh… non… Je ne suis pas Anton. Je m'appelle Ben, je suis un ami de votre fille, Natasha.

– Anton…

Elle semblait épuisée. Des cernes violacés entouraient ses yeux d'un bleu perçant. Elle avait sûrement été très belle. Ses mains longues et délicates étaient posées sur la couverture.

– Anton… je savais que tu reviendrais.

– Oui… Je… je suis là.

– Tu te souviens quand je suis partie avec la troupe ?

– Oui…

– Le soir de la représentation, je n'y arrivais pas. Je suis montée sur scène, chaque pas était une souffrance. J'ai pensé à toi. Je savais que tu me voyais de là-haut…

– Oui, je te voyais…

– … Tu m'as donné ta force pour que je danse. Et j'ai réussi. Je me suis envolée… Je planais au-dessus du théâtre, avec les oiseaux. Je l'ai fait, Anton.

– Je sais, oui.

Plongé dans les souvenirs de la mère de Natasha, je n'ai pas entendu la porte s'ouvrir. J'étais stupéfait par la force qui se dégageait d'elle, malgré sa faiblesse physique. Elle semblait portée par une énergie mystérieuse.

Son visage amaigri exprimait une intensité bouleversante.

La porte s'est refermée, je me suis retourné. Natasha avait les yeux fixés sur moi.

– Elle te prend pour son frère, Anton. Il est mort quand elle avait douze ans.

Sa mère l'a regardée en souriant.

– Natasha ?

– Oui, maman. Je suis là.

– Anton est revenu. Je le savais.

– Oui, c'est merveilleux.

Crise d'angoisse en vue... Quand j'avais appris que la mère de Natasha était à l'hôpital, je n'avais pas réfléchi, j'y étais allé. Mais maintenant que je me trouvais là, dans cette chambre grise, je me sentais de plus en plus mal. Natasha, elle, avait l'air incroyablement calme. Elle m'a jeté un regard dur.

– Tu viens ? À tout de suite, maman.

Je l'ai suivie dans le couloir. Elle s'est appuyée contre le mur et a planté ses yeux bleus, les mêmes que sa mère, dans les miens. J'ai eu l'impression de recevoir un couteau en plein dans la rétine.

– Qu'est-ce que tu as aux yeux ? m'a demandé Natasha.

– Rien, un petit dommage collatéral.

– Qu'est-ce que tu fais là ?

– Je suis passé à ton cours de danse. C'est eux qui m'ont prévenu.

– Et tu as décidé de venir, c'est ça ?

– Oui, c'est ça. Tu n'as pas répondu à mes trois derniers messages.

– Et tu n'as pas pensé que, si je n'y répondais pas, c'était simplement parce que je n'avais pas envie de le faire ? Ça ne t'a pas traversé l'esprit ?

– Bien sûr que non ! J'ai pensé que tu avais des ennuis. Et je ne me suis pas trompé.

– Je suis une grande fille, Ben Portman. Je n'ai pas besoin de ton aide.

– Mais enfin, c'est incroyable ! Ta mère est à l'hôpital. Ça a dû te faire un choc !

– Ma mère est à l'hôpital parce que ça fait vingt-cinq ans qu'elle boit. Elle collectionne les comas éthyliques. Donc ça n'a pas été une surprise. Je savais que, tôt ou tard, ça finirait comme ça.

– Et alors ? Ce n'est pas pour ça que ça ne te fait rien ! C'est quoi ton problème, putain ?

– Je n'ai aucun problème, merci. Et je n'ai pas besoin de ton aide.

– Mais ta mère...

– Ma mère va mourir, c'est tout. Et ça ne te regarde absolument pas.

– Mais enfin, Natasha, on est amis, non ?

– Pardonne-moi, mais je ne sais pas ce que ce mot signifie. Des amis, j'en ai eu plein et ça n'a jamais rien changé.

– Tu n'as jamais pensé que tu les avais peut-être tout simplement mal choisis ?

– Ben, je me fiche de cette conversation. Ça ne m'intéresse pas de philosopher sur l'amitié avec toi.

– Pourquoi tu es incapable de montrer ce que tu ressens ? Juste une fois, juste pour cette fois ? Ta mère est en train de mourir, c'est normal que tu souffres !

– Mais souffrir ne m'avancera à rien. Souffrir, ça ne change rien. Jamais. Les faits sont les faits. Les choses arrivent, quoi qu'on fasse. La faiblesse n'est qu'un handicap.

– Montrer ses émotions, ce n'est pas être faible, c'est être sensible !

– C'est ton opinion, Ben.

– Ce sont tes profs de danse staliniens qui t'ont bourré le crâne avec ces conneries ? Génial, alors allons-y à fond. Ta mère va crever, et si on faisait une grande fête pour son enterrement ? Je suis sûr qu'on va bien s'amuser. Je propose une fête costumée bien ringarde, avec des confettis. On amènera des drag-queens dans le cimetière et peut-être qu'avec un peu de chance on dansera la valse avec le cadavre de ta mère !

Elle m'a regardé sans bouger, raide comme une statue. J'ai cru qu'elle allait lever gracieusement la jambe pour me balancer un grand coup de pied dans la figure, mais elle n'a pas bougé. Un petit sourire s'est même dessiné sur ses lèvres.

– Ton idée me plaît assez. Tu t'occupes des cartons d'invitation ? On pourrait inviter des morts. De toute façon, en ce moment, on ne sait plus trop qui est vivant et qui est mort, pas vrai ?

Comme d'habitude, chaque fois que le ton montait, elle arrivait à désamorcer la bombe d'une pirouette. Elle a changé de sujet.

– Et toi, ça n'a pas l'air d'aller.

– Laisse tomber. Tu refuses de te confier à moi, je ne vois pas pourquoi je te parlerais. Je déteste l'injustice.

– Je vois… Tu deviens un militant des droits de l'homme ?

– Pour l'instant, je milite plutôt pour les droits de la femme.

Son visage sans maquillage était fragile. Elle était tellement belle comme ça, dans la lumière crue des néons de ce couloir, que j'ai senti une émotion incroyable me transpercer. J'ai eu envie de la prendre dans mes bras, mais la peur de devoir endurer ses sarcasmes m'a retenu.

– Il faut que j'y retourne. Ravie de t'avoir vu, Ben. Merci pour tout.

– Tu ne donnes plus de cours, d'après ce qu'on m'a dit ?

– Non. Et comme tu peux le voir, le devoir m'appelle.

– Juste une question. Ton père est au courant ?

Elle m'a fait un sourire ironique.

– Qui ça ?

– Ton père.

– Désolée, je ne connais personne de ce nom-là.

Elle est revenue sur ses pas et m'a fait un sourire.

– Merci d'être venu, Ben.

Elle a disparu de mon champ de vision, je suis resté un long moment le dos appuyé contre le mur. J'avais envie d'aller la chercher et de l'emmener, mais à quoi bon ? Cette fille était capable de résister à la bombe atomique, mais j'étais presque sûr qu'elle pleurait toute seule le soir quand elle rentrait chez elle. Pas de doute, elle me faisait fantasmer. Peut-être que, si je couchais avec elle, j'oublierais Tarzan ? Après ma soirée de la veille, je pouvais bien me faire ce petit plaisir, pas vrai ?

En sortant de l'hôpital, j'ai levé les yeux vers le ciel.

– Toi, oui, toi, l'Éternel ! Qui que tu sois, d'ailleurs. Tu es aux manettes, mon gars, OK. Mais j'aimerais bien vérifier ton brevet de pilote.

Pas de réponse.

Et en plus, il est lâche.

Soudain, il s'est mis à pleuvoir et je me suis retrouvé trempé jusqu'à l'os en moins de deux minutes.

Vengeance minable. Même pas mal.

– 22 –

L'amour, c'est offrir à quelqu'un qui n'en veut pas quelque chose que l'on n'a pas.

Jacques Lacan

Quand j'ai ouvert la porte de l'appartement, Cathy a bondi sur moi comme un petit cabri.

– Ben ! J'étais morte d'inquiétude !

– À ce point-là ?

– Tu as vu l'heure ? Le dîner est bon pour la poubelle.

En jetant un œil sur ce que j'avais failli manger, je n'ai pas pu m'empêcher de penser que la poubelle était une destination particulièrement bien choisie.

– Tu étais où ?

Elle avait vraiment l'air inquiète. Du coup, je me suis senti incapable de lui mentir. Peut-être aussi que je voulais la provoquer après l'épisode Tarzan.

– J'étais avec… avec Natasha Kaminka.

– Avec Natasha ?…

Elle était stupéfaite.

– Je vais tout t'expliquer…

L'horreur qui se peignait sur ses traits m'a déstabilisé.

– Je… je l'ai croisée une fois ou deux par hasard, on est devenus copains.

– Oh ! Je vois ! Tu la croises « une fois ou deux » et vous êtes copains ! Tu me prends pour une idiote ?

– Cathy, qu'est-ce que tu vas imaginer ?

– Tu couches avec cette garce, c'est ça ?

– Mais pas du tout !

– Pourtant, tu sais ce qui s'est passé avec Antonin…

Elle était au bord des larmes.

– Je suis sûre que tu as couché avec elle et que tu ne me le dis pas. C'est pour ça que tu voulais que je fasse des expériences.

– Cathy, je te jure que je n'ai rien fait avec elle. Je ne te dis pas que je n'en ai pas envie…

– Ah, tu vois !

– Mais il ne s'est rien passé. Si ça doit se passer un jour, je t'en parlerai avant.

– Ce jour-là, je ne serai plus là !

– Mais qu'est-ce que tu racontes, Cathy ? Tu me dis ça après ce qu'on a vécu ce week-end ?

– Pourquoi tu ne m'as pas parlé d'elle avant ?

– Pour ne pas avoir à subir ce genre de scène.

– Je la déteste. Tu sais très bien le mal qu'elle m'a fait.

– C'était il y a quatre ans et demi, il y a prescription.

– Non ! Ce sont des choses impardonnables. Vous êtes allés où ? Chez elle ?

– On était à l'hôpital. Sa mère est malade.

– Tu as été à l'hôpital voir sa mère ?

– Je n'avais plus de ses nouvelles et je m'inquiétais. J'ai appris que sa mère était à l'hôpital, c'était quand même normal que j'y aille !

– Tu t'inquiétais pour elle ?

– Oui. Et alors ? Je trouve plutôt que ça m'honore !

– Mais c'est affreux !

Cathy a éclaté en sanglots, j'ai ressenti un plaisir sadique.

– Cathy, ce week-end, j'estime que je t'ai vraiment prouvé que je t'aimais. C'est à ton tour maintenant de me prouver ton amour.

– Comment ?

– En acceptant que j'aie une autre relation. À moins que tu n'en sois pas capable ?

Elle a séché ses larmes et a relevé le menton en prenant son air de dure à cuire.

– Bien sûr ! Pour qui tu me prends ? Mais pas Natasha.

J'ai passé en revue mes archives, à la recherche d'un nom. J'ai fini par trouver.

– Tu te souviens de Mélanie ? La fille qu'on a rencontrée au nouvel an ?

Un éclair de lucidité paniqué est passé sur son visage, mais elle se l'est jouée crâneuse.

– Euh… oui…

Elle a tourné les talons et s'est enfermée dans la chambre.

Nos plus belles années…

Inutile de vous dire que la semaine s'est écoulée dans une ambiance morose. Cathy faisait tout pour oublier cette conversation. Elle ne mentionnait plus Natasha, et Mélanie était retournée aux oubliettes. J'aurais pu me contenter de cette situation, mais l'épisode Tarzan me restait toujours en travers de la gorge. Au moment où Cathy pensait que j'étais revenu à la raison, j'ai remis le sujet Mélanie sur la table. Cathy a manqué s'étouffer, elle s'est révoltée, et a finalement capitulé. J'ai donc organisé un tête-à-tête à trois, plein de promesses.

J'étais bien décidé à assurer comme une bête avec Mélanie et Cathy. Après tout, ce n'est pas tous les jours que la femme que vous aimez vous accompagne chez une autre femme pour faire un plan à trois. Il fallait que je sois à la hauteur.

Nous, les mâles, nous avons déserté le terrain. On a laissé un boulevard à Tarzan. Il faut que j'arrive à tenir aussi longtemps que lui. Ça va demander de l'entraînement, d'accord, mais j'en suis capable. Après tout, qu'est-ce que Tarzan a de plus que moi ? Quinze centimètres ? Et alors ? Quelle différence ça fait ? OK, ça fait toute la différence. Mon moignon fait pâle figure à côté de son gourdin sublime, mais moi aussi j'ai droit à ma part de bonheur. Sinon, que les choses soient claires : on n'a qu'à parquer tous ceux qui ont un petit sexe dans un bantoustan et laisser le reste du monde aux blonds matraqués. Il suffit d'instaurer le racisme morphologique comme système de gouvernement. Avant que je voie Tarzan nu, mon sexe ne m'avait jamais posé de problème. Je dirais même que je n'avais jamais enregistré aucune plainte au service après-vente de ma verge. Mais depuis le blond, à « complexé », dans le dictionnaire, il n'y avait pas seulement ma photo, il y avait tout mon arbre généalogique !

Il ne me restait plus d'autre solution que de me soumettre à un entraînement à toute épreuve. Certes, il en a une plus grosse que moi, mais je suis beaucoup plus intelligent. Mais bon, c'est vrai, dans ce monde, un gros sexe est plus utile qu'un gros cerveau. C'est la loi de la jungle. Grosse bagnole, gros compte en banque, gros pénis.

La Sainte Trinité des glandus.

Pour preuve de mon désir sincère de m'améliorer, je me suis même acheté *Le Tantrisme pour les nuls.* L'ouvrage en faisait le moins possible sur la symbolique et le charabia « tarzanesque », mais il s'attardait sur ce qui m'intéressait le plus : le contrôle de l'éjaculation. Je n'avais jamais eu aucun problème de ce côté-là, mais, depuis le passage en force du blond, j'avais eu l'occasion de me rendre compte que j'étais un gros naze. J'ai lu le livre en long, en large et en travers, et, une fois Cathy endormie, je me suis confortablement installé sur le canapé du salon en essayant de me concentrer. L'article disait qu'il fallait se sentir relaxé et penser à quelqu'un qu'on désirait. Immédiatement, un mélange de Cathy et de Natasha m'est venu à l'esprit. L'article préconisait d'essayer de s'évader de la sensation purement physique. Je me visualisais en train de planer dans l'espace. Il fallait toucher un point situé entre le sexe et l'anus, pour éviter de jouir. Pris par l'excitation, les yeux fermés, une main posée sur le fameux point, mon sexe dans l'autre, j'ai perdu l'équilibre et je me suis retrouvé par terre. Tous mes efforts ont été réduits à néant, mais je ne me suis pas découragé pour autant. Je suis resté par terre, c'était plus sûr, et j'ai tout recommencé à zéro. J'ai repris l'entraînement. L'article conseillait de moduler son plaisir en faisant des pauses. Je commençais à trouver mon rythme, c'était de mieux en mieux. J'étais aux portes du paradis. Soudain, j'ai senti une vague de plaisir m'envahir. Je me suis arrêté juste à temps.

La porte du salon s'est ouverte, Cathy est entrée. J'ai vite mis un coussin devant moi pour dissimuler ma nudité, mais, dans ma précipitation, ma main a ripé et j'ai éjaculé misérablement sur le coussin en lin marron que les parents de Cathy nous avaient offert pour Noël.

– Qu'est-ce que tu fais, Ben ?

J'ai eu une perte de conscience de quelques secondes pendant lesquelles j'ai vraiment dû passer pour un idiot, puis j'ai souri.

– Je n'arrivais pas à dormir, chérie. Je ne voulais pas te réveiller.

Elle s'est assise près de moi et s'est mise à m'embrasser avec fougue. Elle a enlevé sa combinaison et s'est frottée à moi.

– Fais-moi l'amour, Ben !

Je ne savais pas quoi répondre avec mon sexe tout mou dans la main et le coussin plein de sperme serré contre moi.

– Ne t'inquiète pas, Ben. Viens, on va se coucher.

Je l'ai suivie dans la chambre, la queue entre les jambes, après avoir pris soin de planquer le coussin sous le canapé.

J'ai au moins fait un heureux, ce soir.

– 23 –

Le sexe sans amour est une expérience vide.
Oui, mais parmi les expériences vides,
c'est une des meilleures !

Woody Allen

Le samedi suivant, on s'est retrouvés chez la fameuse Mélanie. J'avais pensé à elle parce qu'elle m'avait dit qu'elle était « expérimentale ». Elle habitait près des Buttes-Chaumont. Elle avait peint les murs de son appartement à l'éponge, chaque pièce dans une couleur différente. Son salon était complètement rouge. Ça m'a donné une fougue de taureau. Le couloir était vert, et la chambre, orange.

C'était décoré avec soin, elle avait rapporté des objets de plusieurs endroits du monde. L'ensemble dégageait une impression hétéroclite. C'était spécial, mais moi, ça m'a tout de suite beaucoup plu. Elle nous a fait asseoir sur des poufs marocains qui sentaient la chèvre, et elle a posé un service à thé devant nous, sur un plateau en cuivre. On a bu notre thé en parlant de tout et de rien. Surtout de rien, d'ailleurs. Je sentais une douce torpeur m'envahir. J'étais très excité à l'idée que tout ce que j'avais enduré prenne sens à cet instant précis. Cathy était en super forme depuis le matin. Elle m'avait assuré qu'elle était prête et la façon dont elle se comportait avec Mélanie me le prouvait. C'était génial. Je me sentais comme un alchimiste. J'avais réussi à unir l'eau et le feu. La femme et la maîtresse. Je pensais aux autres hommes, obligés de mentir, coupés en deux, et je les plaignais sincèrement. J'avais eu le courage de rompre le cercle infernal, la vie me faisait aujourd'hui une révérence. Elle s'inclinait bien bas pour me saluer et m'encourager. J'estimais que je ne l'avais pas volé. J'avais gagné mes galons à la force du poignet.

Je voudrais remercier la vie, qui a toujours cru en moi.

Mélanie avait des cheveux magnifiques, qui lui tombaient jusqu'aux fesses. Ses yeux noirs étaient vifs et elle était un peu ronde, ce que j'aimais bien chez elle. Cathy a proposé qu'on lui fasse un massage. J'étais aux anges. Elle s'est déshabillée et s'est allongée sur le lit, au-dessus duquel il y avait une grande photo de Marilyn Monroe. J'ai croisé son regard pendant que j'étalais l'huile sur le corps laiteux de Mélanie.

Mélanie avait une peau extraordinaire, douce et ferme, avec un grain serré. L'huile glissait toute seule, c'était fantastique. Cathy s'appliquait, elle massait le bas de ses reins, passait le doigt le long de sa colonne vertébrale, massait ses épaules et son cou. Moi, je montais et descendais le long de ses jambes. Cathy me regardait et me souriait. J'étais l'homme le plus heureux du monde. Mélanie gémissait. Ma femme chérie m'a fait un signe. J'avais sa bénédiction. J'étais déjà au septième ciel. Mélanie s'est retournée, on s'est embrassés. Je nageais dans le bonheur.

Mais, soudain, j'ai entendu un sanglot étouffé. La porte d'entrée a claqué. J'ai regardé autour de moi, Cathy n'était plus là. J'ai paniqué. Je me suis rhabillé en quatrième vitesse. Mélanie est restée sur le lit et m'a fait un petit signe de la main. Je suis sorti de l'immeuble en courant. Il faisait sombre. Le froid m'est tombé dessus brutalement. J'ai dévalé l'avenue Simon-Bolivar en me disant qu'il avait affranchi l'Amérique latine de la domination espagnole et qu'il pouvait peut-être faire quelque chose pour moi. Cathy était devant moi. Elle a failli se faire renverser en traversant la rue Pradier, mais ça ne l'a pas arrêtée. Je lui ai crié de m'attendre, mais elle ne m'écoutait pas. Quand j'ai enfin réussi à la rattraper, elle était dans un état indescriptible. Son visage était rouge et elle tremblait. Elle a tenté de s'arracher à mon étreinte, mais je n'avais pas l'intention de la lâcher.

– Cathy, arrête !

– Lâche-moi, ne me touche pas !

Un type a ralenti en passant près de nous, prêt à intervenir.

– C'est ma femme, alors tire-toi si tu ne veux pas t'en prendre une !

Il s'est éloigné sans demander son reste.

– Pourquoi tu fais ça, Cathy ?

– Et toi, pourquoi tu fais ça ?

– Mais enfin, tu étais d'accord ! C'est toi qui as voulu

qu'on y aille aujourd'hui, tu m'as dit que tu étais prête et que ça te faisait plaisir de me faire plaisir !

– Parce que tu crois que c'est aussi facile que ça ?

– Oui…

J'avais cru au miracle. J'avais pensé que l'expérience Tarzan et nos discussions de ces derniers jours avaient porté leurs fruits. Je m'étais planté en beauté, une fois de plus.

– Cathy, tu peux te calmer, s'il te plaît ? On peut parler comme des adultes ?

Soudain, quatre jeunes types nous ont entourés, et tout est allé très vite.

– Ton fric, vite !

Je leur ai tendu mon portefeuille, qui contenait les deux cents euros que j'avais retirés la veille. Ils ont pris aussi ma carte bleue.

– T'es sur notre territoire, mec. Il faut que tu payes. Tu vas me filer tes pompes aussi.

J'ai délacé mes baskets presque neuves et les leur ai tendues. Puis l'un des types s'est mis à peloter Cathy.

– Arrêtez, laissez-la !

Un des gars m'a donné un coup de poing, je me suis effondré. Heureusement, après avoir pris l'argent de Cathy, ils sont partis. Il s'est soudain mis à pleuvoir. Je me suis appuyé contre le mur pour ne pas tomber et j'ai regardé par terre. Les photos de mes parents, que je gardais toujours dans mon portefeuille, étaient éparpillées sur le sol. Ma mère me regardait fixement.

– Ben, tu saignes du nez… Oh mon Dieu !

– Regarde, elle me sourit !

– Ben !

Cathy m'a aidé à ramasser les photos, mais il y en a une de ma mère qu'on n'a pas pu récupérer. La pluie l'a entraînée dans le caniveau et elle s'est mise à dériver.

– Ma mère s'en va…

J'ai touché mon nez, j'ai vu mon sang, et je me suis évanoui. Quand je suis revenu à moi, Cathy était penchée sur moi. J'ai soudain eu très froid aux pieds. On a remonté toute l'avenue Bolivar jusqu'à la voiture, garée dans la rue de Mélanie. À peine dedans, je me suis effondré sur le siège passager. Je ne voulais plus penser à rien.

Une fois à la maison, j'ai laissé Cathy téléphoner pour signaler qu'on nous avait volé nos cartes bleues et j'ai pris une douche brûlante. J'y suis resté longtemps. Quand j'en suis sorti, je me suis précipité dans le lit et j'ai éteint toutes les lumières.

J'ai commencé à grelotter une heure plus tard. J'ai pris ma température : 39 °C. Cathy, affolée, a appelé SOS Médecins. Le type est arrivé une demi-heure plus tard et m'a ausculté. Il a diagnostiqué une bronchite et m'a prescrit des antibiotiques et beaucoup de repos. J'ai failli l'embrasser sur la bouche. C'était exactement ce qu'il me fallait. Cathy m'a fait chauffer de la soupe que j'ai bue à petites gorgées et j'ai commencé à me plaindre. J'ai fait mon show façon Mur des lamentations, comme à chaque fois que j'étais malade. Je jouissais littéralement parce que, cette fois, Cathy culpabilisait tellement qu'elle était obligée de me supporter sans rien dire. Puis j'ai sombré dans un mauvais sommeil, peuplé de types armés de couteaux. Je transpirais, j'étais glacé. Je me suis réveillé en hurlant, Cathy m'a pris dans ses bras et m'a cajolé jusqu'à ce que je me rendorme. J'ai dormi toute la journée du dimanche, réveillé de temps en temps par Cathy. Elle m'apportait de la soupe, que je touchais à peine.

Le lundi, évidemment, je ne suis pas allé travailler. Le médecin m'avait arrêté dix jours, ce qui me donnait largement le temps de me remettre. J'étais seul dans l'appartement et je dormais comme je n'avais pas dormi depuis des lustres. J'ai appelé Claire pour reporter notre rendez-vous. Plus de contraintes. Juste la gorge et les bronches en feu et l'impression de mourir chaque fois que je toussais. C'était Bagdad-Falloujah dans ma gorge. La résistance microbienne possédait des armes lourdes. J'ai failli appeler l'ONU à la rescousse, mais, le temps qu'ils votent une résolution, les antibiotiques auraient déjà réglé leurs comptes aux méchants microbes rebelles. Du moins, je l'espérais vivement.

Le mercredi, la fièvre s'est enfin décidée à tomber et j'ai retrouvé mon appétit. J'ai pu enchaîner les allers-retours entre mon lit et le frigo. Je me suis préparé des tartines de confiture ou de Nutella sans ressentir la moindre culpabilité et, franchement, c'était le bonheur. Cathy rentrait vers 19 heures et me trouvait sagement installé dans le lit, un livre ou un magazine à la main. Le matin, elle me demandait ce que je voulais manger le soir, et elle prenait ma commande sans sourciller. Ça a été ma grande période « nique le tofu ». Je lui demandais de m'acheter tout ce qu'elle m'interdisait depuis quatre ans. De la viande rouge, des frites, des gâteaux, du pain blanc, des hamburgers, du fromage et du Coca. À bas le soja, le tofu, le riz complet, le lait de chèvre ou de brebis, le pain noir, les fruits et les légumes. Elle ne disait rien, j'en profitais royalement. J'en venais presque à regretter que cet état ne soit que transitoire. À un moment donné, j'ai même pensé arrêter de prendre mes antibiotiques, juste pour continuer à me faire dorloter, mais je me suis ravisé en me disant que si j'enchaînais sur une broncho-pneumonie, j'aurais probablement du mal à gober mes frites.

Entre deux orgies de mauvaises graisses, je réfléchissais à ma relation avec Cathy en me demandant ce qui allait advenir de nous. L'équation ne me paraissait plus aussi simple, maintenant. Si elle n'était pas capable d'assumer que j'aie des relations avec d'autres femmes, tout mon plan s'écroulait. Quant à revivre comme nous vivions avant, ce n'était même pas la peine d'y penser, on était allés trop loin pour ça. J'étais perplexe. Il fallait que Cathy grandisse, il n'y avait pas d'autres solutions. Elle acceptait de vivre sa multiplicité, elle ne pouvait tout de même pas refuser la mienne !

Je ne savais plus quoi faire. Revivre la scène traumatique avec Mélanie ? L'idée me plaisait assez. Le côté retour sur le terrain miné. Le genre « pèlerinage à la mec ». Mais comment Cathy prendrait ça ? J'ai laissé fondre une bonne cuillerée de Nutella dans ma bouche et j'ai kiffé grave. Tant que le Nutella existerait, je tiendrais le coup.

Le samedi suivant, j'étais complètement guéri, mais je suis resté à la maison tout le week-end. Cathy est allée voir sa copine Anna, qui déprimait complètement parce qu'elle grossissait à vue d'œil. Sa gynécologue avait apparemment oublié de lui expliquer que c'était tout à fait normal quand on était enceinte.

Désœuvré, j'ai fini par appeler Natasha. Je n'aimais pas la façon dont on s'était quittés la dernière fois.

– Ben ? Tu as une voix bizarre.

– Résidu de bronchite. Tu vas bien ?

– Super ! Je fais le ménage depuis quinze jours.

Il y a eu un blanc.

– Natasha, je voulais te dire, pour la dernière fois…

– N'en parlons plus, OK ?

– J'ai avoué à Cathy qu'on s'était vus plusieurs fois.

– Je comprends pourquoi tu es tombé malade.

– Elle n'a pas dit que des choses gentilles sur toi, tu dois t'en douter ! On est remontés deux mille ans en arrière, tu sais, à l'époque d'Antonin.

– Mon Dieu ! La discussion a dû être passionnante. Je regrette beaucoup d'avoir manqué ça, je la regarderai en streaming.

– J'aimerais bien que tu viennes dîner à la maison, un de ces soirs.

– Pourquoi, vous voulez m'empoisonner ?

– Non, sérieusement. Cathy et toi, vous pourriez discuter.

– De quoi ?

– De ce que vous voulez, je n'en sais rien !

– Moi non plus. C'est avec toi que j'ai envie de parler, pas avec elle.

J'étais flatté. Natasha me fascinait, elle était inaccessible. À la fin de la conversation, je suis resté immobile avec mon portable dans la main, comme un abruti. J'ai fini par m'installer devant la télé, enroulé dans une couverture, et j'ai regardé des clips débiles en mangeant des chips au paprika.

Me, Myself, and I.

– 24 –

Quand on ne sait pas où l'on va,
tous les chemins mènent nulle part.

Henry Kissinger

Le lundi, à la fin de mon arrêt maladie, je suis retourné travailler dans l'indifférence générale. Hubert de La Rive, mon rédacteur en chef, Marine, ma bombe atomique, et les autres m'ont royalement ignoré. Seule Coralie m'a demandé de mes nouvelles. La stagiaire incendiaire me zappe, la grosse me demande comment je vais... Cherchez l'erreur.

En rentrant chez moi, j'ai compris tout de suite que les beaux jours étaient terminés : des brocolis et des filets de cabillaud m'attendaient sagement dans le cuit-vapeur. Ça m'a donné envie de gerber.

– Je ne peux pas manger ça après avoir absorbé pendant toute la semaine des hamburgers et des frites ! C'est trop violent ! Il faut que je me réadapte en douceur !

– Ben, ça va aller très bien. Tu mets la table ?

Je me suis acquitté du travail domestique en priant

pour que les microbes reviennent me coloniser en nombre.

– Tu as l'air bizarre, Cat. Tu es sûre que ça va ? Ta journée a été bonne ?

– Je suis restée avec Cécile. On a beaucoup discuté.

– Et alors ?

– Elle trouve que j'ai de la chance d'être avec un homme comme toi.

– Je t'ai toujours dit que tu devrais plus écouter ta sœur !

– Elle trouve que toi, au moins, tu as le courage de me dire la vérité et de m'inclure dans tes fantasmes.

– Je ne savais pas que tu lui racontais notre intimité !

– Tu m'en veux ?

– Non, c'est juste que, si elle balance ça à vos parents, ils vont faire une crise cardiaque.

– Elle ne dira rien.

Elle s'est mise à mordiller un de ses ongles.

– Je me disais…

– Quoi ? Qu'est-ce qu'il y a, Cat ?

– Je m'en veux pour Mélanie, tu sais.

– Ne t'en fais pas, chérie.

– Si. Je suis désolée et je pense que… Que ce serait bien qu'on poursuive nos… expériences.

– Qu'est-ce que tu veux dire ?

– Je voudrais qu'on aille dans une boîte…

– Dans une boîte ?

– Oui, tu sais bien… Où les gens s'échangent…

– Tu veux dire une boîte échangiste ?

– C'est ça.

– C'est Cécile qui t'a parlé de ça ?

– Oui, mais c'est moi qui veux y aller, Ben. Qu'est-ce que tu en dis ?

– Je ne suis pas sûr que tu sois prête pour ça.

– Si, je te le jure.

– Tu en es certaine ?

– Oui, mais je veux juste ne pas être obligée de…

– Personne ne t'obligera à rien.

– Comment tu le sais ?

– Parce que j'y suis déjà allé.

Elle m'a regardé, horrifiée.

– Mais tu ne me l'avais jamais dit !

– Je te signale que c'est un sujet qui n'était pas encore venu sur le tapis.

– Mais enfin, Ben…

– Écoute, je n'allais quand même pas te dire, quand on s'est rencontrés : « Salut, je m'appelle Ben Portman et je suis allé en boîte à touz deux ou trois fois dans ma vie ! »

– Deux ou trois fois ? Je croyais que c'était une seule fois !

– Une, deux ou trois fois, quelle importance ? Je ne te connaissais même pas !

– Tu as raison. Excuse-moi.

– Mon amour, qu'est-ce qui t'arrive ?

Je l'ai prise dans mes bras et l'ai serrée très fort.

– Je t'aime, Ben.

– Moi aussi, mon ange.

Cathy insistait vraiment pour qu'on aille en boîte, sans doute pour me prouver qu'elle était de bonne foi. J'ai fini par céder, elle a mis des bas, une robe noire et des talons hauts, moi un costume gris et une chemise blanche. On était fin prêts pour l'expédition.

À l'entrée, on nous a donné un petit carton avec nos noms. La chasse était ouverte. Ambiance documentaire animalier. Je me suis avancé sur la piste de danse, muscles tendus, en observant le troupeau. Cathy me suivait dans le rôle du petit faon apeuré. Le DJ a balancé une musique électro, et je me suis mis à bouger en rythme, imité par Cathy. Plusieurs personnes sont venues chalouper près de nous. Un couple s'est avancé et nous a frôlés en souriant. L'homme avait la quarantaine, la femme pas plus de trente ans, et elle était charmante. L'instinct du chasseur s'est réveillé en moi, j'ai eu très envie de caresser son pelage. Elle s'est approchée de moi, pendant que l'homme essayait de danser avec Cathy, qui m'a tiré par le bras jusqu'au bar à la fin de la chanson.

On a commandé deux vodkas-orange. Cathy a avalé son verre d'un trait pendant que je descendais le mien lentement en balayant les environs du regard. La foule était assez hétéroclite. Après qu'on a fait le poireau pendant une bonne demi-heure, j'ai entraîné Cathy dans une salle attenante.

À notre gauche, deux couples avaient découvert qu'ils avaient des affinités et faisaient plus ample connaissance avec leurs parties intimes.

Cathy ouvrait de grands yeux et semblait pétrifiée. J'étais moi-même perdu dans la contemplation de mes semblables, toujours plus surprenants. Vous croyez tout savoir des autres ? Vous pensez avoir tout vécu ? Vous vous trompez lourdement.

Il ne s'agissait pas de tantrisme, ici. Tarzan aurait provoqué une émeute. Son arme de destruction massive aurait commencé par mettre tout le monde aux abris, avant qu'une ou deux courageuses ne s'essaient à son maniement. On les aurait sûrement retrouvées trois jours plus tard, toujours enfilées sur le blond, qui avait la longueur requise pour les embrocher toutes les deux, alors que leurs maris auraient été aperçus, hagards, errant à plusieurs kilomètres à la ronde.

J'en étais là de mes réflexions lorsqu'une femme m'a soudain agrippé la main. Je lui ai fait un sourire en tentant de me dégager, mais elle ne l'entendait pas de cette oreille. Elle tirait sur mon bras pour que je m'approche d'elle. J'ai tourné la tête vers Cathy, qui ne s'était encore aperçue de rien, et j'ai essayé de desserrer son étreinte. Cathy a posé ses yeux sur la femme et a vu la scène.

– Ben, mais qu'est-ce que tu fais ?

– Elle me tient !

– Mais dégage-toi !

– Je n'y arrive pas.

Elle s'est avancée vers moi et m'a tiré par l'autre bras. Je me suis retrouvé écartelé. Cathy, n'y tenant plus, a pris les doigts de la femme et les lui a tordus un par un. La femme s'est mise à crier, ce qui n'a troublé personne, tout le monde a cru qu'elle avait encore un orgasme. Elle a enfin lâché prise et je suis tombé à la renverse. Quand j'ai ouvert les yeux, j'ai joui d'une vue imprenable sur le service trois-pièces d'un monsieur très actif.

Dans la deuxième salle, il y avait un attroupement. Une dizaine d'hommes entouraient une femme fort peu farouche. J'ai assez vite remarqué un tout petit homme mince et chauve, qui semblait ne plus savoir où donner de la tête. Il tentait par tous les moyens possibles de s'approcher de la femme, mais il se faisait repousser à chaque tentative. Je l'ai vu réessayer une ultime fois, mais un homme baraqué l'a à nouveau envoyé valser. Le petit homme l'a alors regardé d'un air suppliant.

– Mais… c'est ma femme !

Instantanément, la foule s'est écartée, respectueuse, et, tel Moïse fendant les flots de la sexualité, il a enfin pu se frayer un chemin jusqu'à sa dulcinée.

Cathy ne lâchait pas ma main, et m'a rapidement demandé d'une toute petite voix si on pouvait rentrer à la maison.

Cette nuit-là, on a fait l'amour comme des fous. Avant de s'endormir, Cathy s'est pelotonnée contre moi.

– Quelle idée, quand même, ces endroits où vont les gens pour s'exciter ! Tu ne trouves pas ça dingue ?

– Ça booste probablement leur libido.

– Ça ne booste pas la mienne, en tout cas.

– Tu ne peux quand même pas dire que le boa de Tarzan t'a laissée indifférente, l'autre jour ?

– Ne reparle pas de ça, je t'en prie.

Cathy se prenait encore pour une petite fille pure. À sa décharge, les scènes qu'elle venait de voir ne figuraient pas dans *La Belle au bois dormant*. Ni dans *Cendrillon*, d'ailleurs, si mes souvenirs étaient bons. Walt Disney nous a fait beaucoup de mal. Ce n'était quand même pas compliqué d'ajouter une petite scène où le prince charmant emmène la Belle au bois dormant dans une boîte à touz ! C'était possible, ça, non ? Et nous, ça nous aurait fait gagner trente ans. On aurait su dès le début que le prince charmant était infidèle (et que la princesse aussi).

– 25 –

Quand j'étais jeune, j'étais très con.
Je suis resté très jeune.
Jean-Claude VAN DAMME

Deux jours plus tard, je suis rentré chez moi après avoir passé tout mon temps à canarder lâchement des types qui avaient consacré les trois dernières années de leur vie à travailler sur un film qui leur tenait à cœur. L'appartement était plongé dans l'obscurité. J'ai tout de suite vu qu'il se passait quelque chose d'inhabituel. Mon cœur s'est mis à battre la chamade.

Dans le salon, des bougies. Sur la table, une bouteille de champagne. Soudain, de la musique et une ombre. Un corps de femme qui ondule, des cheveux lâchés, une robe qui valse… Je me suis assis sur le canapé. Ma Cathy me faisait un strip-tease ! Elle portait un ensemble de lingerie que je n'avais encore jamais vu et qui m'a rempli de bonheur. Au moment précis où elle allait retirer son soutien-gorge, quelqu'un est entré dans le salon. J'ai sursauté. La silhouette s'est approchée de Cathy. Ces cheveux, ces formes… J'ai reconnu Mélanie. Oui, vous avez bien lu. Mélanie dans un ensemble de lingerie qui n'avait rien à envier à celui de Cathy. Elles ont poursuivi leur strip-tease, dansant ensemble, se souriant, s'effleurant. Quand elles se sont approchées de moi, nues, et qu'elles m'ont conduit jusqu'à la chambre les yeux bandés, j'avais déjà atteint un bonheur intense.

On a vécu un moment inoubliable. J'étais en train de réaliser le fantasme de tous les hommes : unir la femme et la maîtresse.

Je suis le Maître du Monde.

Le lendemain matin, je marchais sur l'eau. J'ai traversé les couloirs du journal, gonflé à bloc. Je regardais mes collègues, simples mortels, avec indulgence, étonné qu'ils ne me fassent pas une haie d'honneur.

Coralie s'est avancée vers moi, les yeux rouges. J'ai pensé qu'elle n'avait vraiment pas de chance, vu qu'en plus d'être grosse, elle était allergique. Mais, à ce moment-là, mon cousin Steve a marché vers moi et m'a pris dans ses bras en pleurant.

– On a essayé de te joindre toute la nuit. Ton père est mort.

Je me suis laissé aller dans ses bras, avec l'impression qu'on venait de me faire une anesthésie générale.

Le destin s'acharne, je suis wanted.

Même Hubert de La Rive a eu un petit mot pour moi. C'est vous dire si l'heure était grave. Je lutterais contre un vertige persistant pendant tout le reste de la journée. Cette fois-ci, c'était vraiment fini. Le peu qui me restait de mon enfance venait de mourir avec mon père.

Je suis resté assis sans bouger sur ma chaise pendant que des souvenirs me revenaient par vagues : les dimanches où mon père m'emmenait au champ de courses, officiellement pour me faire prendre le frais, les films qu'on allait voir ensemble, nos parties de *chkobba*…

Une boule s'est formée dans ma gorge, mais les sanglots ne venaient pas. Il y avait comme un barrage dans mon cœur, qui empêchait mes larmes de couler. Ça m'a soulagé, je ne voulais pas craquer devant les autres. Je sentais confusément que, si le barrage cédait maintenant, un immense fleuve allait submerger les locaux.

Jacqueline, la femme qui s'occupait de mon père, m'attendait chez lui avec la voisine. Elles pleuraient toutes les deux, j'ai essayé tant bien que mal de conserver un peu de dignité. Je revoyais ma mère préparer le couscous les soirs de shabbat, mon père assis à sa table en train de faire une réussite…

Mes parents ne peuvent pas mourir la même année et me laisser seul sur terre. Il y a une erreur…

Je suis allé dans la chambre. Mon père était étendu sur son lit. On aurait dit qu'il dormait. Son visage était empreint d'une grande sérénité. L'iPod était encore posé à côté de lui. Jacqueline m'a demandé si j'avais besoin de quelque chose, mais je l'ai juste priée de me laisser seul avec lui. Je me suis assis au bord du lit et j'ai pris l'iPod. La musique de Farid el-Atrache a résonné dans le silence : *Dayman Maak*, « Je serai toujours avec toi ». Cette fois, je n'ai pas pu retenir mes larmes.

Cathy est arrivée une heure plus tard. Elle m'a serré dans ses bras et elle a pris les choses en main avec beaucoup d'efficacité. Elle a appelé le rabbin, planifié l'enterrement, prévenu la famille.

Le soir est tombé. Je ne voulais pas partir, je restais stupidement cramponné à la main de mon père.

– Viens, Ben, je t'en prie.

– Mais si je pars maintenant, je ne le verrai plus jamais.

– Tu le verras autrement. Viens.

Deux jours plus tard, on a fait les prières. Tout le monde pleurait. Le cercueil de mon père était recouvert d'un linceul blanc façon rideau de chez Conforama. Le rabbin chantait. Sa voix plaintive résonnait dans ma tête, et m'accablait encore plus. Cathy ne lâchait pas ma main. Le frère de mon père fixait le cercueil d'un air morne. Mes cousins avaient fait du zèle en le forçant à venir. Sa femme avait une tumeur au cerveau, elle était à l'hôpital depuis six mois. Il s'était retrouvé tout seul du jour au lendemain. Je pensais à tous ces gens qui avaient été jeunes et enthousiastes, et qui finissaient leur vie dans un hôpital ou une maison de repos. Ça m'a fichu les boules du siècle.

Vive les accidents de voiture et les crashs aériens !

Il n'était plus question que je mette ma ceinture

en conduisant. Autant en finir jeune, dans la force de l'âge.

Des plaques rouges sont apparues sur mes bras. J'ai commencé à me gratter, crise d'urticaire. Cathy me tenait les mains pour que j'arrête.

Après les prières, le cimetière de Pantin. Ambiance Galeries Lafayette pendant les soldes. Il y avait des voitures partout. Je suis passé de bras en bras. Mon cousin Steve avait une fois de plus amené Sabrina Leroy, qui s'est une nouvelle fois collée contre moi. J'ai attendu qu'elle me fasse le même effet qu'à l'enterrement de ma mère, mais, manque de bol, je n'ai rien ressenti.

Les parents de Cathy avaient fait le déplacement. Sa mère m'a serré dans ses bras et j'ai bien cru qu'elle n'allait plus jamais me lâcher. Son mari avait l'air ailleurs, comme d'habitude. Il m'a tendu une main virile et m'a donné une grande tape dans le dos. Le rabbin a prononcé quelques mots et ils ont descendu le cercueil de mon père. On a jeté des pelletées de terre dessus.

Ensuite, le rabbin nous a tendu une olive noire, c'est la tradition. Steve et moi, on l'a mangée, mais mon oncle a catégoriquement refusé, il est allergique aux olives. Le rabbin a voulu le forcer, mais il s'est énervé et a balancé l'olive par terre. Ensuite, le rabbin s'est approché de moi avec des ciseaux et, sans crier gare, il a découpé un bon morceau de mon tee-shirt Hugo Boss. En m'habillant le matin, j'avais complètement oublié cette coutume débile. J'ai failli lui en coller une, mais, comme c'était la tradition, je n'ai rien dit.

Un tee-shirt à cent euros !... Quand le rabbin a voulu découper le tee-shirt de mon oncle, il l'a repoussé en lui expliquant qu'il ne vivait pas à Paris, qu'il n'avait qu'un seul tee-shirt et qu'il était hors de question qu'il le découpe. Le rabbin ne voulait rien entendre, du coup mon oncle s'est mis à hurler. Il faut croire que c'est de famille. Bref, ça a fait un esclandre et le rabbin a été obligé d'abandonner.

En partant, tout le monde s'est lavé les mains à une des fontaines du cimetière, officiellement pour éloigner la mort, mais ça n'avait pas l'air très efficace.

De retour chez moi, je me suis avachi sur le canapé, avec une vodka-orange, mon éternel refuge contre l'adversité. J'ai bu à la santé de mon père, qui devait sûrement être en train d'étudier le quinté quelque part dans le ciel.

Cathy a voulu me préparer un hamburger avec des frites maison. Ça m'a vraiment touché. Je l'ai prise dans mes bras, et je me suis mis à pleurer. Je n'avais pas pleuré depuis que j'avais vu mon père sur son lit de mort. Je me suis rattrapé. J'ai pleuré pendant un temps infini, la tête posée sur l'épaule de Cathy, qui n'osait plus bouger. Ça m'a fait un bien fou.

Cathy a été fantastique. Elle m'a embrassé, m'a bercé. Je suis passé du caniveau au paradis en deux secondes. J'avais de la chance de l'avoir. Elle se préoccupait vraiment de moi, en fait. Dire que j'angoissais en me disant qu'elle allait finir par me quitter, qu'elle ne m'aimait peut-être pas autant que moi je l'aimais. Là, dans cette épreuve, je sentais son amour. Il agissait sur moi comme un fluide. Je n'étais pas seul au monde, j'avais Cathy.

Elle m'a fait couler un bain brûlant. Je me suis allongé, la tête posée sur un coussin, et j'ai somnolé. Je sentais à quel point j'avais été tendu ces derniers jours. Après avoir mariné façon brochette de tofu pendant une bonne heure, je suis sorti du bain et je me suis habillé. J'avais les idées plus claires. J'ai rejoint Cathy dans la cuisine. Quand j'ai vu avec quel amour elle m'a servi, ça m'a ému aux larmes. On a mangé devant la télé, lovés dans le canapé, et, pour la première fois depuis la mort de mon père, j'ai eu le sentiment de kiffer à nouveau la vie. Cathy avait mis dans mon hamburger des tomates, des concombres, des artichauts, et du chutney à la mangue que j'adorais. Les frites étaient divines, fines et craquantes. La soirée s'est poursuivie dans le calme, chaque chose donnait l'impression d'être à sa place, et j'ai pensé : le monde est propre des pieds à la tête. J'ai changé d'avis quand je suis tombé sur le journal télévisé, mais j'ai vite zappé.

Ambiance cocoon. En mode régression fœtale.

– 26 –

Si on ne peut pas fumer au paradis,
je ne suis pas intéressé.
Mark Twain

Quelques jours plus tard, nous sommes partis pour la maison de vacances des parents de Cathy, dans un trou paumé au bord de la mer, pas très loin de Trouville. Elle avait insisté pour qu'on y aille. On devait y rester cinq jours, mais je n'étais pas sûr de réussir à tenir aussi longtemps.

La maison était face à la mer. Il faisait un froid de canard. Cathy a tenu à ce qu'on aille tout de suite sur la plage, pour regarder l'horizon. J'aurais préféré qu'on absorbe directement une grande quantité d'alcool, mais je me suis mis au diapason. La mer était grise et agitée, un vent glacé soufflait. Ça m'a fichu un cafard noir. La nuit commençait à tomber, je détestais ces paysages lugubres. C'était un décor pour suicidaire. Le sable collait à mes chaussures. J'ai bien essayé d'emplir mes poumons d'air iodé, mais ils me réclamaient du pot d'échappement, du vrai, du parisien. Une angoisse monstrueuse m'a alors saisi à la gorge. J'avais l'impression que le diable avait posé sa main sur mon cou et qu'il allait serrer jusqu'à ce que je rende l'âme. On a marché une bonne heure, avant que je déclare forfait et qu'on se réfugie dans un petit salon de thé. L'endroit était tenu par une vieille femme charmante, qui nous a installés dans un coin, près de la fenêtre. J'ai pris un grand chocolat chaud, et j'ai regardé dans le vide, le nez collé à la vitre.

Le deuxième jour, contre toute attente, j'ai été réveillé par un rayon de soleil. Cathy dormait encore. Je me suis levé et j'ai erré dans la maison. Il y avait des photos des parents de Cathy. Une de sa mère jeune, en maillot de bain, accrochée sur un mur du salon. La belle-mère était fichtrement bien fichue ! Je suis resté scotché à la photo jusqu'à ce que j'entende la voix de Cathy. Je l'ai trouvée étendue sur le lit, dans une nuisette en satin rose. Elle était tellement mignonne que ça m'a donné envie de vivre. Je me suis jeté sur elle et on a fait l'amour comme avant la mort de mon père. Enfin presque... La bécane peinait un peu dans les montées.

J'alternais les moments de bien-être au cours desquels je me sentais ressuscité, avec des trous cosmiques pendant lesquels j'avais l'impression de quitter mon corps.

Le troisième jour, Cathy a insisté pour qu'on fasse un jogging sur la plage. Je lui ai dit que ça ne me dérangeait pas du tout qu'elle aille courir pendant que je prenais mon petit déjeuner, mais elle était décidée à ce que je l'accompagne. Je m'apprêtais à me gaver de pains au chocolat, je me suis retrouvé en train de courir sur la plage en short et baskets. Cathy allait beaucoup plus vite que moi et elle se retournait de temps en temps pour me dire de me dépêcher. Je me traînais lamentablement, en ayant l'impression que mes poumons étaient en train de courir à côté de moi. Cathy, elle, avait fière allure avec son corps tonique et sa queue-de-cheval qui se balançait de droite à gauche. Moi, par contre, je devais ressembler à un genre de beignet en culottes courtes. Mes deux jambes blanchâtres sortaient misérablement de mon short et je ruisselais. Ça faisait une demi-heure qu'on courait, j'étais déjà au bord de l'évanouissement. Des pains au chocolat et des verres de vodka-orange défilaient devant mes yeux. Cathy sautillait toujours devant moi, façon Jane Fonda.

– Tu viens, chéri ?

– Je suis épuisé. Continue sans moi, Cat, ne t'arrête surtout pas, tu perdrais tous les bénéfices de ton effort.

Elle a continué à courir pendant que je m'effondrais sur le sable. Je mourais de faim, mais, en rentrant, Cathy m'a expliqué qu'il ne fallait pas manger tout de suite après le sport, parce que le système digestif est mal vascularisé.

Bien sûr, toutes ces théories me laissaient de marbre. Après avoir pris une douche, j'ai emmené Cathy au restaurant et j'ai mangé une bonne côte de bœuf qui m'a redonné envie de croire en l'homme.

J'ai miraculeusement réussi à tenir à ce rythme pendant les cinq jours. Cathy voulait qu'on reste encore un peu, mais je ne pouvais plus supporter la mer. Le vent me tapait sur les nerfs, l'air pur m'oppressait. J'étais à deux doigts de sniffer le pot d'échappement de ma voiture. Cathy ne comprenait pas pourquoi je ne profitais pas plus de ces vacances. Je lui ai répondu que les vacances étaient une illusion, et que j'aurais beau continuer à me promener sur la plage, mon père n'allait pas ressusciter. Sinon, j'aurais été prêt à faire des kilomètres. J'ai convaincu Cathy qu'il était bon pour ma santé que je rentre, et on a repris la voiture. En me rapprochant de Paris, je me suis senti renaître. On s'est tapé un gros embouteillage, mais rien n'aurait pu gâcher ma bonne humeur. J'ai retrouvé avec plaisir mon appartement, mon ordinateur et mes bouteilles de vodka. J'avais fait le plein d'air pur pour deux ans. Je me serais bien grillé une clope pour fêter ça !

– 27 –

La dernière fois que j'ai pénétré une femme,
c'était en visitant la statue de la liberté.

Woody ALLEN

Je n'avais pas reparlé à Natasha depuis notre dernière conversation téléphonique. Elle m'avait juste envoyé un SMS à la mort de mon père. Du coup, quand elle m'a appelé pour prendre de mes nouvelles, j'étais content. Au beau milieu de la conversation, elle m'a proposé de passer chez elle, sûrement pour me consoler. Comprenez-moi, je ne voulais pas faire de peine à Cathy, mais la proposition était alléchante. D'accord, je lui avais promis de ne pas la revoir, mais certaines promesses sont complètement stupides.

Il se trouvait que Cathy passait la soirée avec Anna. Elles allaient voir un concert. J'avais donc un peu plus de quatre heures devant moi. J'ai pris ça comme un feu vert du destin.

L'appartement de Natasha était comme je l'imaginais. Peu de meubles, beaucoup de sobriété. Des murs blancs, une barre pour ses exercices de danse, des pointes. Ne s'attacher à rien ni à personne semblait très important pour elle.

– Comment va ta mère ?

– Ne te sens pas obligé d'être gentil.

Ça commençait bien. Elle s'est soudain radoucie.

– Tu te remets de la mort de ton père ?

– Ne te sens pas obligée d'être gentille.

Elle m'a regardé, amusée. Elle aimait bien que je lui tienne tête. Elle semblait nerveuse, je ne savais pas quoi lui dire pour briser la glace.

– Ben, je voulais te dire… Je pars donner des cours à Madrid.

– Je ne savais pas que tu parlais espagnol.

– Il y a une quantité de choses que tu ne sais pas.

– Tu m'excuses, je suis en *jet lag*, je reviens tout juste de Normandie.

– C'est drôle, tu mènes une vie qui n'a rien à voir avec toi et tu ne t'en rends même pas compte.

– Qu'est-ce que tu veux dire ?

– Tu détestes la Normandie, pas vrai ?

– Oui.

– Voilà. C'est tout ce que je voulais dire.

– Parce que toi, tu mènes la vie qui te correspond ?

– Peut-être pas, mais moi au moins je ne suis dépendante de personne.

– Parce que moi, je suis dépendant ?

– Complètement. Le seul truc, c'est que tu ne t'en rends pas compte.

– Je suis dépendant de quoi, de qui ?

– Cherche bien, Ben. Je suis certaine que tu finiras par trouver.

– De Cathy ?

– Qu'est-ce que tu en penses ?

– Je sais que Cathy et toi, à cause d'Antonin, ce n'est pas l'amour fou, mais…

– Ça n'a rien à voir avec ce que je te dis là. Cathy m'a toujours prise pour une salope, mais j'étais amoureuse d'Antonin, tu sais. Je ne savais pas qu'ils étaient ensemble quand je suis sortie avec lui.

– OK, mais tu te trompes complètement. Je ne suis pas du tout dépendant de Cathy.

– Bien sûr. D'où les vacances en Normandie, les sushis que tu manges alors que tu détestes ça, le sport et toutes les autres choses que tu t'obliges à faire sous la pression.

Il y a eu un silence.

– Excuse-moi, Ben. Je n'aurais pas dû te dire ça. Ça ne me regarde absolument pas.

Parfois, le meilleur moyen de résoudre un problème, c'est de ne pas se le poser. J'ai donc fait l'autruche.

– Tu pars combien de temps ?

– Si ça se passe bien, longtemps.

À nouveau un silence. Elle était assise sur le divan, juste en face de moi. Son caleçon de danse et ses guêtres mettaient ses jambes en valeur. Elle m'a lancé un regard provocant.

– Tu n'as rien à me dire, Ben ?

– Si, des tas de choses.

– Pourquoi tu ne me les dis pas, alors ? C'est le moment.

La tension était palpable. Natasha a lové ses yeux tout au fond des miens et a passé sa langue sur ses lèvres. Bien sûr, j'ai pensé à Cathy et à la promesse que je lui avais faite, j'ai pensé aussi à Claire Montfort, mais Natasha quittait bientôt Paris, c'était maintenant ou jamais…

Je me suis approché d'elle. C'était la première fois que je la voyais s'abandonner. Sa souplesse, son expérience et sa beauté m'ont rendu fou. C'est seulement après que j'ai commencé à me sentir mal. Un silence s'est installé entre nous.

Je ne savais plus quoi dire. Elle était déjà loin. Il n'y avait plus trace de la femme fragile qui venait de se laisser aller dans mes bras. À sa place, je voyais une Natasha en tenue de combat, prête à affronter la vie.

Je regrettais presque ce qui venait de se passer, d'autant plus qu'une énorme culpabilité fondait sur moi vitesse grand V. Cathy, Claire, ma mère… Ce que je venais de faire était impardonnable…

Au secours !

À mon retour, Cathy m'attendait sur le canapé du salon. J'ai tout de suite compris qu'il y avait un problème.

– Tu étais où ?

Sa voix tremblait. J'ai essayé d'avoir l'air naturel.

– Qu'est-ce qui t'arrive ?

– Je t'ai posé une question.

Elle avait les larmes aux yeux.

– Tu m'avais dit que tu passais la soirée à la maison…

J'ai essayé de changer de sujet.

– Et ton concert, c'était bien ?

– Il n'y a pas eu de concert.

Premier choc.

– Guillaume m'a appelée alors que je me rendais chez eux. Anna avait perdu les eaux. Ils sont allés à la clinique.

Deuxième choc.

– Ben, c'est toi qui as parlé de dire la vérité. Je te le redemande : où étais-tu ?

– Cathy, je…

– Je veux le savoir !

Elle pleurait à chaudes larmes. J'étais complètement désarmé, pris à mon propre piège. J'ai voulu m'approcher d'elle pour la toucher, sentir son corps contre le mien, tout arranger, mais elle m'a repoussé violemment.

– Ben, je t'ai posé une question !

Je me sentais comme un condamné à mort qu'on amène sur la chaise électrique. Ça sentait déjà le roussi.

– Avec qui tu étais ?

– Avec Natasha.

Elle s'est mise à trembler.

– Mais je t'assure que…

– Tu as couché avec elle ?

Il y a eu un blanc. Ma vie entière a défilé devant mes yeux.

Je suis mort.

Cathy avait l'air d'être déjà loin, comme si elle connaissait la réponse.

– Tu as couché avec elle ?

C'était l'heure de vérité.

– Oui.

Le regard qu'elle m'a lancé m'a achevé, et c'est à ce moment-là que j'ai pris conscience de l'étendue des dégâts.

– Pourquoi tu as fait ça ?

– Cathy, je t'assure que…

– Je te l'avais dit… Je t'avais demandé de ne pas le faire.

Elle pleurait en silence, terriblement lointaine. La panique m'a englouti. Je perdais pied.

– Je suis désolé. Dis-moi que tu me pardonnes, Cat.

– Non, je ne peux pas.

Elle est passée devant moi sans me jeter un regard.

– Je préfère que tu dormes sur le canapé, cette nuit.

Elle s'est enfermée dans la chambre en me laissant tout seul avec ma culpabilité. J'ai eu beau tambouriner à la porte, elle ne m'a pas laissé entrer.

J'ai passé une partie de la nuit les yeux ouverts. Un vrai grand moment de solitude.

À mon réveil, Cathy était partie. Je me suis levé avec difficulté, rapport aux trois ou quatre vodkas-orange que j'avais utilisées en applications thérapeutiques pendant la nuit, et je me suis traîné jusqu'à la douche les yeux à moitié fermés. L'appartement semblait inhabité. Le mélangeur étant sur eau froide, le filet d'eau glacée m'a réveillé d'un coup. J'ai poussé un cri hyperprimal, mélange d'Edvard Munch et d'Arthur Janov à la sauce punk.

Car, quand il est transi de froid et abandonné par la femme qu'il aime parce qu'il a commis une faute impardonnable, BEN HURLE.

– 28 –

Commencez la révolution sans nous.
On préfère être cons et vivants que
morts et pleins d'idées.

COLUCHE

Cathy était sur messagerie. Pendant ma pause-déjeuner, je suis allé au magasin. Aucune trace de Cathy. Cécile ne m'a pas dit un mot, même quand j'ai menacé de la torturer.

Le soir, quand je suis rentré à la maison, toutes les lumières étaient éteintes. L'appartement était désert. J'ai couru dans la chambre pour vérifier que les affaires de Cat étaient toujours là. Je n'ai pas pu m'empêcher d'admirer sa penderie. Ses vêtements étaient classés par couleurs, comme dans un magasin. Au pire, elle reviendrait au moins les chercher. Je me suis servi une vodka-orange pour fêter cette bonne nouvelle.

J'étais décidé à me faire pardonner. Il fallait qu'on se parle, c'était primordial. Natasha avait représenté pour moi une transgression, un fantasme. C'est pour ça que je n'avais pas pu m'empêcher de faire l'amour avec elle. Il fallait que Cathy comprenne ça. Natasha était mon Tarzan à moi, on était quittes maintenant.

Vers 22 heures, j'ai reçu un texto de Cathy, m'informant qu'elle ne passerait pas la nuit là. Ça m'a déprimé. J'ai encore essayé de la joindre, mais, comme je m'y attendais, son portable était sur messagerie. À minuit, j'ai appelé sa sœur. Tant pis pour ma dignité.

– Cécile ? C'est Ben.

– Bonsoir.

– Où est Cathy ?

– Pourquoi ? Elle n'est pas avec toi ?

– Cécile, il faut absolument que je lui parle.

– Elle n'est pas là.

– Tu es au courant de la situation ?

– Un peu, oui… Pourquoi tu lui as fait ça ? Je n'aurais jamais cru que tu serais aussi stupide. Coucher avec Natasha, tu te rends compte ?

– Oui, je sais, mais il faut que tu m'aides.

– Cette fois-ci, je ne peux pas, Ben.

– Mais enfin, elle aussi, elle a couché avec d'autres types !

– Tu veux parler de Thomas ?

– Oui, entre autres.

– Tu as des preuves de ce que tu avances ?

– Bien sûr ! C'est la nuit où je suis mort, je m'en souviens très bien.

– C'est bien fait pour ta gueule. Après tout, c'est toi qui l'as poussée dans les bras de ce type.

– Et Tarzan, elle t'en a parlé ?

– Je ne comprends rien à ce que tu racontes.

– Elle ne t'a pas dit qu'elle avait couché avec Tarzan ?

– …

– Elle ne t'a pas parlé de notre soirée *Livre de la jungle* ?

– Ben, tout ce que je sais, c'est que Cathy est très malheureuse et que, pour l'instant, elle ne veut plus te voir. Tu m'excuses, mais il faut que je te laisse.

Elle a raccroché, et moi, je suis resté hébété, le téléphone à la main.

Pas de doute, j'étais dans la ligne de mire du grand manitou, et ça ne présageait rien de bon.

– 29 –

Si l'on y réfléchit bien, le Christ est
le seul anarchiste qui ait vraiment réussi.

André MALRAUX

Le lendemain matin, Cathy n'a pas donné signe de vie. Aucun message, aucun appel, mon téléphone était désespérément muet. Je suis resté un quart d'heure à le fixer comme un débile mental, sans que rien ne se passe. J'ai reçu un SMS pendant que j'étais sous la douche. Je me suis précipité sur mon portable, du shampoing plein les yeux. C'était un SMS promotionnel à la con.

Une fois habillé et rasé, j'ai appelé Cathy. J'ai entendu une voix : « Votre correspondant est en ligne, nous lui indiquons votre appel par un signal sonore. » J'ai attendu dix minutes pour rien et j'ai essayé de la joindre toute la journée, sans succès. À force d'appuyer sur la touche « bis », je me suis presque fait une tendinite du pouce. Un genre de téléphone-elbow.

« Cathy, c'est Ben… Je n'arrive pas à te joindre. Il

faut qu'on se parle, on ne peut pas rester comme ça. Rappelle-moi, je t'en prie. Je t'embrasse. »

Elle ne m'a pas rappelé de la journée.

Le soir, je suis resté assis à mon bureau, mon portable en main. Coralie se faisait manifestement du souci pour moi parce qu'elle m'a demandé cinq fois si je voulais un café et trois fois si j'allais bien. J'ai fini par réussir à émerger de ce cauchemar éveillé avec une seule idée en tête : me venger de celle qui était responsable de tout ça.

Claire Montfort est sortie de son immeuble à 20 h 30, ignorant tout de la tournure que son destin était en passe de prendre. Elle a vu un homme désespéré fondre sur elle comme un corbeau sur un petit écureuil. Je lui ai fait peur, j'étais content. Vengeance, vengeance !

– Pourquoi vous m'avez fait ça ?!

L'éclat meurtrier de mes yeux rougis par le chagrin et la vodka-orange l'a laissée brièvement sans voix.

– Fait quoi ?

– Vous avez foutu ma vie en l'air !

– Mais de quoi parlez-vous ?

– De vos séances de coaching à la con.

– Allons, Ben, ne soyez pas stupide.

– Je suis détruit. C'est ce que vous vouliez, non ?

– Ben, vous avez quelque chose de constructif à me dire ?

Je l'ai attrapée par les épaules et je l'ai secouée.

– Qui vous a dit de me détruire ? Je veux un nom. Qui vous envoie ?

Elle m'a fixé avec son regard façon GPS.

– J'imagine que Cathy est partie ?

Ma colère est tombée d'un seul coup.

– Vous avez fait l'amour avec une autre femme, c'est ça ?

– Oui, mais juste avec Natasha. Ça ne compte pas vraiment, c'est une amie !

– Je vous avais pourtant dit de ne pas avoir d'autres relations. Votre attitude est impardonnable.

Elle a tourné les talons, je lui ai couru après.

– Qu'est-ce que je dois faire pour la récupérer ? Je l'aime.

– Commencez par apprendre ce que veut dire ce mot.

En rentrant chez moi, j'ai regardé sur Wikipédia. *Amour* : « Désigne un sentiment d'affection et d'attachement envers un être ou une chose, qui pousse ceux qui le ressentent à rechercher une proximité, pouvant être physique, spirituelle ou même imaginaire, avec l'objet de cet amour, et à adopter un comportement particulier (plus ou moins rationnel) en conséquence. » « Rechercher une proximité pouvant être physique » et « adopter un comportement particulier, plus ou moins rationnel », je me suis tout de suite reconnu. Pas de doute, j'étais un être d'amour, c'était inné chez moi. Claire était complètement à côté de la plaque.

Tout ça, c'était la faute d'Anna, qui avait choisi juste le jour où j'étais avec Natasha pour mettre bas.

Bonus et elle devaient sûrement être en train de sabler le champagne, ou plutôt le jus d'herbe.

Et si Cathy avait rencontré quelqu'un ?

Je faisais chaque jour preuve d'un dynamisme à toute épreuve : je me levais, je regardais si j'avais des messages, je me douchais, je mangeais un bout de croissant, j'allais au bureau, j'écrivais mes critiques de films, je m'interrompais pour consulter mon répondeur, je me remettais au travail, j'essayais de joindre Cathy, je prenais une pause, je retravaillais, je rentrais chez moi, et ainsi de suite. Ma vie était palpitante.

L'appartement avait perdu son âme. J'avais l'impression de vivre à Guantánamo. Il ne manquait que la barbe et le déguisement orange, et on s'y serait cru.

Figurez-vous que c'est pendant cette période que j'ai ressenti pour la première fois de ma vie la nostalgie « tofuesque ». Pour ceux qui ne savent pas ce que c'est et qui n'ont jamais souffert de ce mal étrange, il s'agit d'une nostalgie qui vous saisit lorsque le tofu vous manque. Incroyable, non ? J'ai bien tenté de me raisonner : tiens bon, mon Ben, tu es un mâle, un vrai, rien n'y a fait. J'ai atterri chez les légumineux de Naturalia et j'en suis ressorti avec des saucisses végétales fumées.

Je les ai rapportées amoureusement à la maison, je les ai déballées presque religieusement et je me suis assis à table avec mes saucisses. Dès la première bouchée, ça a été un vrai délice. Passé l'envie de gerber, j'entends. Cathy était là, dans le tofu. Le soja me rapprochait d'elle.

Le pire, c'était le soir. Et le matin. Et le reste de la journée. M'endormir sans elle, me réveiller sans elle… Comment vous dire ? Je me suis même acheté du jus de gland bio pour que son absence soit moins pénible. Je la voyais partout, dans la rue, dans la sauce soja, dans mon lit, dans mes rêves…

Ce que j'avais fait était inqualifiable, mais je voulais qu'elle me pardonne. Je n'arrivais pas à tourner la page. Je suis retourné au magasin, mais elle n'était pas venue travailler depuis plusieurs jours.

J'ai fini par me résoudre à aller chez ses parents, à Marne-la-Vallée. Le trajet m'a filé un vieux coup de blues, surtout que Léo Ferré m'a rappelé qu'avec le temps, va, tout s'en va. Comme si la vie n'était pas assez déprimante comme ça.

Le pavillon semblait désert. Il n'y avait aucune lumière allumée. J'ai attendu deux heures avant d'apercevoir Cathy et sa mère de l'autre côté de la rue. Mon cœur saignait, la plaie était béante.

Est-il raisonnable de chercher des explications à des choses qui n'en ont pas ? Je me suis souvenu de toutes les fois où je m'étais posé LA question : « Et si Cathy ne m'aimait pas ? » Je refusais d'admettre cette vérité implacable. Quelque chose de rationnel, auquel je me raccrochais désespérément, réclamait une explication. Cathy et sa mère approchaient de la maison. Je suis sorti de la voiture et je me suis dirigé vers elles. Hélène m'a vu la première, Cathy s'est tournée dans ma direction et s'est figée.

– Cathy…

Ses yeux sans expression se sont posés sur moi. Hélène est intervenue.

– Ben, il ne faut pas rester là.

– Cathy, je… je voulais te dire…

– Je ne veux rien entendre.

– Ne dis pas ça. Cathy, je t'aime.

– Non, c'est faux, tu ne m'aimes pas. Sinon, tu ne m'aurais jamais fait ça.

– Il faut qu'on se parle, je t'en prie.

– Je n'ai rien à te dire.

– Mais Cathy, on vit ensemble, j'ai besoin de te parler.

– Je regrette, mais c'est trop tard.

– Tu veux qu'on se sépare ? C'est ta décision ?

– Oui.

Elle a continué sa route. J'ai eu l'impression d'être englouti par une avalanche. Pour m'en sortir, je me suis cramponné à elle, et je l'ai forcée à se retourner. Sa mère a essayé de me faire lâcher prise, mais j'étais bien accroché.

– Cathy, tu dois me pardonner, comme je l'ai fait pour Tarzan.

Hélène s'agrippait toujours à moi pour que je lâche sa fille.

– Lâche-la tout de suite, Ben. Ce que tu as fait est inqualifiable !

– Mais votre fille a couché avec Tarzan ! Dis-lui, Cat !

Cathy a fait signe à sa mère de s'éloigner. Elle a hésité, puis a obéi.

– J'ai fait plein de choses dont je n'avais pas envie, Ben. Mais ça, tu ne t'en es même pas rendu compte.

– De quoi tu parles ?

– De tout ce que tu m'as forcée à faire.

– Je t'ai forcée à coucher avec Tarzan ?

– Tu m'as harcelée pour que j'assouvisse mes pulsions. Je l'ai fait pour te faire plaisir.

– Excuse-moi, ça ne m'avait pas sauté aux yeux.

– Tu voulais que je fasse des expériences juste pour aller avec d'autres femmes. Tu m'as manipulée.

– C'est faux. Ma démarche était sincère.

– Avec Natasha aussi, c'était sincère ?

– Avec Natasha, j'ai commis une faute grave, je le reconnais, mais…

– Et tu crois que ça suffit pour que ma douleur disparaisse ? Je me sens brisée, je veux que tu t'en ailles.

– Qui est derrière tout ça ? Anna, entre deux french manucures ?

– Pourquoi tu as toujours besoin de reporter la faute sur quelqu'un ? Tu ne peux pas assumer le fait que ça puisse être totalement et uniquement de ta faute ?

– Mais ce n'est pas le cas ! Tout le monde a droit à l'erreur.

– Pas celle-là.

– Ça te pose un problème que j'aie d'autres relations, c'est ça ?

– Ben, j'ai besoin de faire un break.

– Tu as quelqu'un d'autre ? Dis-le-moi !

– Je n'ai personne d'autre. J'ai besoin de me retrouver, c'est tout. Tu peux comprendre ça ?

– Ça s'est passé d'une manière tellement… brutale. Tu imagines ce que je vis depuis quatre jours, seul comme un rat dans l'appartement, sans un mot de toi, sans une explication, sans rien ?

– Je pense qu'on n'a pas la même vision du couple, Ben.

– Mais c'est quoi ta vision, exactement ? Explique-moi comment tu peux jeter quelqu'un du jour au lendemain, comme ça. Je ne comprends pas.

– Moi, je veux des enfants, par exemple. Mais je n'ai jamais senti que c'était une priorité pour toi. Je me trompe ?

– Non, tu ne te trompes pas. Faire des enfants, ce n'est pas un jeu. Ce n'est pas comme rentrer dans un magasin et choisir un cadeau de Noël. C'est une responsabilité. Quand tu fais des gosses, tu prends perpétuité. Tu comprends ça ?

– Je comprends que tu es trop occupé à te regarder le nombril pour y penser.

J'ai tenté de me la jouer crâneur, pour provoquer une réaction chez elle.

– Très bien. On fait comment au niveau logistique ?

Sa réaction n'a pas du tout été celle que j'attendais.

– Je passerai chercher le reste de mes affaires.

J'ai aussi essayé l'humour.

– Je vois… Et qui de nous deux va avoir la garde du cuit-vapeur ?

C'est tombé à plat, elle m'a dévisagé avec pitié. J'ai décidé de lui faire mal.

– Je veux que tu me rendes ta clé et je veux savoir quand tu vas venir prendre tes affaires.

– Ma clé est chez mes parents, et le temps que je mette la main dessus, tu seras frigorifié. Je t'appellerai avant de passer et je te la rendrai.

On s'est regardés avec des larmes dans les yeux. Elle s'est éloignée vers la maison. Je l'ai rappelée juste avant qu'elle ferme le portail. J'en ai remis une couche, je voulais qu'elle ait mal.

– J'ai horreur des sushis, ça fait quatre ans que je me force à en manger, juste pour te faire plaisir. Je me bourrais de tartines au Nutella juste avant, pour ne pas avoir faim. Et le sport, les vacances en Normandie, c'est pareil, ça m'a toujours fait CHIER !

Elle m'a considéré avec tristesse. Quand elle a disparu de mon champ de vision, je me suis installé dans ma voiture, satisfait.

Je suis Ben Portman, merde ! Il n'est pas né celui qui va venir me faire chier.

Cet état de combativité n'a malheureusement pas duré longtemps. Quand je suis arrivé chez moi, l'appartement était plus noir et plus silencieux que jamais. Un sanglot monstrueux est monté dans ma gorge et a explosé contre mon palais. J'ai émis un couinement ridicule en essayant de ravaler mes larmes.

La faim m'a conduit jusqu'au frigo, il était quasiment vide. On se serait cru sur la banquise, à des milliers de kilomètres de toute civilisation. Il fallait que je me venge, que j'oublie Cathy et sa vie biologique. Pris d'un accès de rage, j'ai tout mis à la poubelle, dans une démonstration de force pathétique. Un peu comme si un bataillon de CRS s'acharnait sur une vieille dame parce qu'elle n'avait pas traversé dans les clous. Après, j'ai ouvert le placard et j'ai fait le nettoyage de printemps, sauf qu'on était en plein hiver. J'ai viré toutes les saletés diététiques de Cathy, une par une. Tout ce qu'elle m'avait forcé à manger pendant quatre ans. Tout ça pour quoi ? J'ai explosé le riz complet qu'il fallait cuire cinquante minutes, les lentilles, les pâtes complètes, le quinoa, les beignets de légumes au seitan et tous ces trucs qui me sortaient par les yeux. J'avais envie de me pacser avec McDonald's. Au moins, lui, il ne vous racontait pas de salades. Alors que les légumineux qui consommaient de la bouffe bio étaient humainement pires que des hamburgers avariés. Ils me donnaient envie de vomir. Une fois que toute trace d'un semblant d'équilibre alimentaire eut disparu des placards, j'ai descendu la poubelle.

Vas-y, Ben. Tu repars de zéro… pointé.

Je me suis allongé sur le lit et j'ai pleuré comme un enfant. J'ai cherché un mouchoir dans l'obscurité. Je n'en ai pas trouvé et je me suis mouché dans une de mes chaussettes. Oui, je sais, je pouvais difficilement tomber plus bas, à moins de me servir de mon placard comme urinoir.

Qu'est-ce que ça peut faire, au fond ? Toutes ces convenances, ces carottes qu'on vous met sous le nez depuis l'école. Tout ça pour quoi ? La carotte, je venais de me la prendre dans le cul et c'était fichtrement douloureux.

Tout ce en quoi j'avais cru pendant ces quatre longues années venait de s'écrouler. L'émotion de notre rencontre, nos discussions téléphoniques pendant des heures, le premier baiser, la première fois qu'on avait fait l'amour, les films qu'on avait vus, nos fous rires, tout ce qu'on avait vécu et partagé… Il ne restait plus rien. J'avais pris une balle en plein cœur et il allait me falloir du temps pour m'en remettre. Pour l'instant, la blessure était à vif et je me vidais de mon sang.

En me préparant une vodka-orange, mon regard s'est posé sur le cuit-vapeur de Cathy, cette saleté que j'avais subie pendant quatre ans, à coups de poisson et de légumes fades et sans goût. J'avais l'impression que ma vie entière venait d'être cuite à la vapeur. Saisi d'un mouvement de rage incontrôlable, j'ai empoigné le cuit-vapeur et l'ai balancé par terre de toutes mes forces, avant de sauter dessus à pieds joints. Un bonheur fou m'a traversé, j'ai éclaté d'un rire dément.

Quand mon portable a sonné, je me suis jeté dessus, mais je me suis pris les pieds dans un fil et me suis affalé sur le tapis. J'ai décroché en rampant. Natasha m'a annoncé qu'elle s'installait à Madrid pour de bon.

– Ben ?

– …

– Ben, tu es là ?

– Je ne sais pas.

– Comment ça, tu ne sais pas ?

– Je suis en train de quitter mon corps.

– Tu es bourré ?

– Non, même pas.

– Tu n'as rien bu ?

– Si, trois fois rien. Juste histoire de participer à la campagne pour la promotion de la cirrhose du foie.

– Ben, je peux savoir ce qui t'arrive ?

– Rien. Je vois clair, c'est tout.

– Tu as mis des lentilles de contact ?

– Des lentilles, une paire de lunettes, et même un chien d'aveugle. Je vois tout. J'ai tout compris.

– À quoi ?

– À la vie.

– Tu en as mis du temps !

– Ferme-la, je n'en peux plus de tes sarcasmes.

– …

– Toujours en train de donner des leçons à tout le monde. Jamais un problème, jamais de larmes. Madame gère sa vie toute seule, madame n'a besoin de personne.

– …

– Moi non plus, je n'ai besoin de personne.

– C'est Cathy ?

Je me suis mis à hurler comme un goret. Un comble pour un type élevé à la nourriture casher.

– Cathy ? Cathy qui ?

– Elle est partie, c'est ça ?

– Mais elle n'a jamais été là ! Tu piges ?

– OK. Donc, vous avez rompu.

– Non, on n'a pas rompu. Elle a rompu toute seule.

– Elle est où ?

– Chez ses parents. Elle se cache.

– C'est à cause de ce qui s'est passé entre nous la dernière fois ?

– Exactement.

– Je suis vraiment désolée, Ben.

– Ça, ça m'étonnerait. Avoue que c'est ce que tu cherchais.

– Si tu penses ça de moi, tu te trompes complètement.

Je me suis allongé sur le canapé, dans le noir, ma bouteille de vodka dans la main, comme un naufragé agrippé à son unique bouée de sauvetage.

– J'hésite entre me suicider et la tuer. Il faut que je réfléchisse et que je fasse un *business plan* pour voir laquelle de ces deux solutions est la plus rentable. Quand je pense à tous les sushis que je me suis forcé à avaler, ça me donne envie de torturer un poisson. Je croise un saumon, je le passe à tabac.

– Elle a quelqu'un d'autre ?

– Tu es dingue ?

J'ai réfléchi un moment et j'ai pensé à Claire Montfort. Peut-être que j'étais cocu depuis très longtemps, en fait…

– Si elle a un mec, je vais les tuer tous les deux. Crime passionnel, j'en prends maximum pour huit ans et ça nettoiera un peu la surface du globe.

– Ben, tu dis n'importe quoi. Si tu veux vraiment nettoyer toute la surface du globe, il va t'en falloir, de l'eau de Javel !

– Chacun prend ses responsabilités. C'est un effort collectif, à l'échelle planétaire. On lance un grand mouvement de nettoyage global.

– Arrête la vodka, tu veux ?

– C'est en tant que porte-parole des enfants d'alcooliques que tu me demandes ça ?

J'ai senti que je lui avais fait mal, ça m'a fait du bien.

– Non, c'est juste en tant qu'amie.

– Tu disais toi-même que l'amitié, ça n'existe pas. Donc, ton amitié, tu vois où je me la mets… Comment je vais faire pour la récupérer ?

Natasha ne savait plus quoi répondre. Je crois qu'elle hésitait entre me consoler et me donner un grand coup de pied dans les fesses, pour que j'arrête de m'apitoyer sur mon sort. C'est ce que ses profs de danse auraient fait avec elle. Mais, par chance, l'époque du goulag était révolue. Encore que…

– 30 –

On ne m'enlèvera pas de l'idée que la connerie est une forme d'intelligence.

COLUCHE

Le mardi suivant, aux alentours de 15 heures, j'ai entendu une clé tourner dans la serrure. J'ai tendu l'oreille, tous les sens en éveil. La porte s'est ouverte, j'ai reconnu la voix d'Anna. J'ai bondi hors de mon lit.

– Tu es sûre qu'il n'est pas là ?

J'ai distingué la voix de Cathy.

– Certaine.

Je me suis caché derrière les rideaux de la chambre. Leurs voix me parvenaient du salon et de la cuisine.

– Tu vois mon cuit-vapeur ?

– Non. Je prends tout ?

– Oui.

– Le grille-pain aussi ?

Elle était en train de voler mon grille-pain ! Il était en chrome rutilant, je l'adorais. C'était un cadeau de ma mère, bon sang !

Je les ai entendues s'approcher de la chambre. Cathy

est apparue dans mon champ de vision. Elle était tellement belle que j'étais prêt à avaler des sushis toute ma vie, juste pour la récupérer. Elle a ouvert une grande valise.

– Tu as bien fait de le lourder, Cathy. Tu seras bien plus heureuse maintenant.

Je ne pouvais pas en entendre davantage, c'était au-dessus de mes forces. Je suis sorti de ma cachette en gesticulant. Elles ont poussé un cri. Je regrettais amèrement qu'Anna ait déjà mis bas, parce que si elle avait été ne serait-ce qu'un tout petit peu enceinte, elle aurait perdu le fils de Bonus.

– Anna, toujours aussi aimable, à ce que je vois.

Cathy me regardait, surprise de ma présence.

– Cathy…

Elle a détourné le regard et s'est remise à ranger ses affaires.

– Cathy, je t'en prie. Il faut qu'on parle.

– Je ne peux pas te parler.

– Tu m'avais dit que tu m'appellerais avant de passer chercher tes affaires.

– J'ai oublié de le faire.

– Tu ne voulais pas me voir, c'est ça ?

– Arrête, Ben.

J'ai pris un air indifférent.

– Rends-moi les clés.

Elle a hésité un moment.

– Tiens, les voilà, tes clés.

Elle les a jetées sur le lit, elles se sont noyées dans les plis du drap.

Je suis allé dans la cuisine, Cathy et Anna m'ont

suivi. Elles avaient la trouille. J'ai fouillé dans leur sac et j'ai sorti mon grille-pain, triomphant.

– Ce grille-pain est à moi. C'est un cadeau.

– Garde-le, ça m'est égal. Où est mon cuit-vapeur ?

– Je l'ai filé aux Restos du Cœur. J'ai pensé que ça te plairait de savoir que les pauvres mangeaient sainement grâce à toi.

Anna s'est interposée.

– Tu es complètement malade, Ben !

– Toi, la pétasse en solde, reste dans ton domaine de prédilection, la médiocrité, et continue à prédire l'avenir en lisant dans un sac Gucci.

– Quel monstre ! Tu es... C'est affreux...

Elle a éclaté en sanglots, mais s'est souvenue juste à temps que ça lui avait pris deux heures trente pour se ravaler la façade ce matin. Ç'aurait été regrettable de gâcher ça pour un abruti dans mon genre.

Nous étions arrivés à un tel point de tension qu'il n'y avait que deux solutions : rester calme ou commettre un meurtre. Nous avons été raisonnables. Cathy est allée dans la salle de bains pour prendre ses affaires de toilette. Ses cheveux tombaient sur son visage. Elle a essayé de les retenir en arrière avec sa main. Tous ces mouvements que je l'avais vue faire si souvent... Sa présence qui avait rempli ma vie... J'ai pensé que je ne pourrais jamais vivre sans elle.

Avoir Anna comme témoin de notre dernière rencontre... Comment Cathy pouvait-elle être amie avec cette dinde ?

En regardant Cathy faire ses valises, j'essayais de me persuader que nous venions de deux mondes différents, que nous n'avions rien en commun, qu'on ne s'était jamais aimés. Elle avait juste voulu me changer. Dans un couple, il faut toujours qu'il y en ait un qui fasse des compromis, pas vrai ? Quels compromis avait-elle faits pour moi ? Peut-être un concert de jazz au tout début de notre relation ? En revanche, elle avait réussi à me faire adhérer à tout ce qui constituait les bases de sa vie à elle, je m'en apercevais seulement maintenant.

Je voulais à tout prix me persuader que c'était une chance pour moi de ne plus être avec elle.

Cathy enlevait ses produits de beauté un par un. La salle de bains se vidait petit à petit.

Tant mieux, j'aurais plus de place. Je vais enfin pouvoir prendre mes aises.

J'avais voulu entrer dans son univers à elle, qui me paraissait beaucoup plus intéressant que le mien. Un monde de gens cultivés, bourgeois, mais qui passaient leur temps à se la raconter en débinant tout le monde. Des gens à qui tout était dû et qui ne connaissaient même pas la valeur du travail.

Trinquons à nos adieux…

J'ai attrapé une bouteille de vodka entamée et je me suis servi un verre en me la jouant crâneur.

– Une petite vodka pour la route ?

Cathy m'a regardé avec tristesse.

– Tu devrais arrêter de boire. Je pense que ça t'aiderait vraiment.

– Je te remercie de ta sollicitude. Ne me dis pas que tu me quittes à cause de mon alcoolisme ?

– Tu sais très bien pourquoi je te quitte.

– On a vécu quatre ans ensemble, je commets une faute, et tu t'en vas ? C'est ça, l'amour ?

– Justement, tu ne sais pas ce que c'est, l'amour.

Elle a refermé sa valise et a regardé l'appartement une dernière fois. Elle m'a fait un signe de la main. Elle avait l'air triste, mais je lui ai fait un grand sourire. Ben Portman n'allait pas se laisser abattre pour une petite rupture !

Je suis en pleine forme, tout va bien.

Inutile de vous dire que, quand la porte s'est refermée, j'ai pleuré comme un nourrisson.

– 31 –

L'avantage de la masturbation, c'est qu'en principe, ça évite les préliminaires.

Jean YANNE

Le lendemain matin, je suis allé dans la cuisine pour me presser des oranges, oubliant momentanément que ma rupture avec Cathy avait causé pas mal de dommages collatéraux, au premier rang desquels se trouvait ma centrifugeuse. Je ne me suis pas démonté, j'ai pressé mon orange à la main, comme un gros beauf. J'ai jugé qu'il n'y avait rien de mal à y ajouter un doigt, ou plutôt un gros orteil, de vodka. Et si quelqu'un avait quelque chose à redire, je tenais tout de suite à préciser que je m'en battais les roubignoles à la main, mon fouet électrique étant actuellement propriété de Cathy.

J'ai cherché de quoi me restaurer. Ô joie, il restait un peu de mon hamburger de la veille. J'étais fin prêt pour la vie de célibataire. Dans un élan d'enthousiasme inattendu, j'ai pris une douche, et je me suis même coiffé avec le peigne que Cathy avait eu la délicatesse de me laisser.

Il fallait que je me ressaisisse. J'étais Ben Portman, quand même ! Je savais ce qu'il me fallait pour oublier Cathy : de la douceur féminine. Je devais me prouver que j'étais encore un homme, un vrai. Sabrina Leroy était sur messagerie, je me suis rabattu sur Sofia, ma Vietnamienne.

Je lui ai fait mon show au téléphone, dans le rôle du mec cool et bien dans sa peau. Quand elle m'a dit de passer la voir, je me suis senti revivre.

Mais j'ignorais encore que le destin s'était clairement prononcé en ma défaveur. À partir de maintenant, tous les coups étaient permis. Surtout les plus tordus.

Bouddha était toujours assis dans le salon de Sofia, à côté de la fontaine qui coulait sans discontinuer. Avec un peu de chance, elle finirait par noyer mon chagrin. J'essayais de chasser Cathy de mes pensées. Pas facile, même avec beaucoup de bonne volonté, je vous assure.

Je me suis étendu confortablement sur les coussins et j'ai essayé de me laisser aller. Le vide mental, comme dirait Tarzan. Bien sûr, vu le niveau de son QI, pour lui, c'était facile, il n'y avait pas grand-chose à vider. Beaucoup de pensées tourbillonnaient dans ma tête. Des pensées qui tournaient autour de ma virilité. Je savais pourquoi j'étais venu : pour passer du bon temps et oublier Cathy. Il fallait que je me prouve que je pouvais encore ressentir du plaisir. J'avais envie de remettre les compteurs à zéro. Plus de Cathy, plus de Claire, plus de Tarzan, plus de souvenirs, plus rien.

J'ai rampé jusqu'à Sofia et je l'ai prise dans mes bras. C'était mon premier contact doux avec un être humain depuis ma rupture. Ça m'a fait un bien fou. J'ai approché mon visage du sien. Son parfum était le même que celui de Natasha. Ça m'a ramené plusieurs jours en arrière, quand nous avions fait l'amour. À ce moment-là, je n'imaginais pas que mon destin allait basculer et que j'étais déjà condamné à mort. Je m'étais fait tirer dessus à la mitraillette par la femme que j'aimais.

Sofia m'a embrassé. J'ai fermé les yeux, je me sentais bien. Elle s'est lovée contre moi, mais je n'arrivais pas à faire le lien entre mes sensations et mon corps. C'était comme si quelque chose s'était cassé. J'ai tout fait pour que Sofia ne s'en aperçoive pas tout de suite. L'angoisse grandissait en moi. J'ai regardé mon sexe inerte, et j'ai failli éclater en sanglots.

Alors ça y est, c'est fini pour moi ? À trente-cinq ans ?

Sofia m'a attiré vers elle, mais je paniquais de plus en plus. Ils venaient de m'enlever Cathy, mais ça ne leur suffisait pas, il fallait aussi qu'ils m'enlèvent ce qui me restait de fierté. C'étaient des années d'entraînement et de comparaisons dans les douches qui s'envolaient en fumée.

Est-ce que notre sexe nous définit en tant qu'individus ? Qu'est-ce que sa taille dit de nous ? Est-ce qu'un gros sexe fait de nous quelqu'un de meilleur ?

Je suis un tocard.

Sofia m'a fait un sourire très doux. Difficile de partager quelque chose d'aussi intime avec quelqu'un qu'on connaît à peine. Un silence s'est installé. Je ne voulais pas lui raconter ma vie, et je savais que, par pudeur, elle ne me poserait pas de questions. On s'est rhabillés en silence. En quittant le salon, j'ai fait un doigt à Bouddha.

Merci pour ton aide, gros.

J'ai serré Sofia très fort dans mes bras en pensant que ce serait sans doute le dernier geste de douceur que quelqu'un me ferait avant longtemps.

Quand je suis sorti dans la rue, il pleuvait encore, j'ai trouvé ça normal. J'avais l'impression d'être une marionnette trimballée dans un destin instable, rejetée d'un point à un autre, sans aucune logique. Le pion d'un jeu complexe dont je n'entrevoyais pas l'issue.

Le grand Ben Portman est rentré chez lui la queue basse. Comme vous pouvez vous en douter, j'étais en miettes. Il fallait absolument que j'enquête sur mes organes. Cathy m'avait-elle détruit au point que je ne puisse plus faire l'amour avec aucune femme ? J'étais au bord du gouffre.

Searching for my libido, j'ai appelé Mélanie. Il m'a fallu insister lourdement : elle m'a donné rendez-vous le lendemain après-midi. C'était un dimanche. J'aurais voulu la voir immédiatement, histoire d'en avoir le cœur net, mais elle n'était pas libre.

Comment faire pour patienter jusqu'au lendemain ? J'ai passé en revue tout mon répertoire, mais je ne suis tombé que sur des messageries. La gent féminine tout entière m'abandonnait au moment où j'avais le plus besoin d'aide. J'ai fini par appeler Marine, l'ex-stagiaire bombasse du journal. Vous savez, celle avec laquelle j'avais failli avoir une liaison torride, avant Claire Montfort.

– Salut, c'est Ben.

– Ben qui ?

– Ben Portman.

– Tiens, un revenant !

– Tu n'imagines pas à quel point cette définition me va bien !

– Alors, quoi de neuf ?

– De neuf, rien. Que du vieux. Et toi ?

– Moi, j'ai un nouveau mec, et il est génial, si tu veux le savoir. Grand, brun, baraqué et friqué.

– Comme moi, quoi. Tu te souviens que je suis brun, moi aussi ?

– Ouais, mais c'est à peu près tout ce dont je me souviens.

– Je sais que j'ai un peu merdé avec toi, mais il y a plein de choses que je ne pouvais pas te dire à l'époque sur…

– Et maintenant que tu sembles prêt à me les dire, tu vois, je n'en ai plus rien à foutre.

– OK, je comprends. Le monde a fait le choix de la brutalité, je m'adapte.

– Tant mieux pour toi.

– Je suis complètement en détresse. Je cherche une main secourable.

– Ben, je t'aime bien, mais j'ai assez de problèmes comme ça. Parles-en à ta copine ou bien à tes amis. Je suis sûre qu'ils pourront t'aider.

Quand j'ai raccroché, j'avais une boule dans la gorge. Il ne me restait plus qu'à attendre de voir Mélanie en espérant qu'avec Sofia ça n'avait été qu'un passage à vide. J'ai failli appeler Natasha. J'étais grillé, de toute façon, alors un peu plus un peu moins ! Le problème, c'est qu'aller à Madrid pour se rendre compte qu'on est impuissant rendait le trajet douloureux. Peut-être aussi que je me sentais coupable d'être aussi abattu. Natasha était tellement forte que ça m'aurait donné l'impression d'être encore plus minable. Être impuissant devant Natasha, c'était un peu comme ne pas savoir faire une addition devant Einstein.

Je me suis mis au lit tôt, fermement décidé à dormir comme un bébé pour être en forme quand je verrais Mélanie. J'ai sombré dans le sommeil, mais trente secondes plus tard, j'ai eu l'impression de tomber dans un trou et j'ai poussé un hurlement.

Je vous l'ai sûrement déjà dit mais, quand il fait un cauchemar, BEN HURLE.

J'ai allumé la lumière et j'ai fixé le plafond. Impossible de me rendormir. Je n'avais plus aucun repère, du coup j'ai agrippé mon sexe, dans le noir, il fallait bien que je me raccroche à quelque chose. Je l'ai remué pour voir s'il allait se mettre au garde-à-vous, mais mes efforts n'ont servi à rien. J'en ai pleuré. La honte. J'ai fini par réussir à me rendormir, mon sexe serré dans la main comme un hochet.

E.T. téléphone maison.

– 32 –

Au paradis, on est assis à la droite de Dieu.
Normal, c'est la place du mort.

Pierre DESPROGES

Le lendemain matin, je me suis levé avec la niaque. Direction Mélanie, objectif érection. Je m'étais préparé mentalement, comme un athlète de haut niveau, et j'espérais vivement être le Rafael Nadal de la trique. L'affaire devait se régler en trois sets maximum, sans tie-break. Et il était hors de question que je ne remporte pas la coupe.

Ça m'a fait un drôle d'effet de revoir l'avenue Simon-Bolivar. J'ai repensé à Cathy et à notre course folle. Le destin m'avait envoyé plein de signaux, mais je les avais délibérément ignorés. Comment avais-je pu être aussi aveugle ? Pire, comment avais-je pu coucher avec Natasha ?

Mélanie m'a laissé poireauter devant sa porte juste le temps que ma paranoïa s'enclenche et que je commence une crise de panique.

Cheveux longs, expression amusée, peau laiteuse, rondeurs sensuelles. Je me suis assis sur le même pouf que la dernière fois. Il sentait toujours autant la chèvre et je me suis dit que, si ça continuait comme ça, j'en serais peut-être réduit à coucher avec des chèvres, ou pire, avec des poufs qui sentiraient la chèvre. Mélanie m'a servi un thé auquel je n'ai pas touché. J'avais bu du thé chez Sofia, et je me demandais si ça avait un rapport avec ma débandade. Dans le doute, je me suis donc abstenu. Nous avons bavardé un petit moment.

– C'est fou que tu ne sois plus avec Cathy !

J'ai joué la carte du mec cool, pas du tout affecté.

– Oui, enfin, il y a quand même des choses plus dingues dans le monde. Il fallait bien que ça arrive, j'imagine.

– C'est brutal, quand même. Ce n'est pas à cause de moi, j'espère ?

– Qu'est-ce que tu vas chercher ?

Mélanie étant un animal tactile, on s'est rapidement retrouvés collés l'un à l'autre. Cette fille avait plus de neurones dans les fesses que dans le cerveau. Elle m'a entrepris avec la vigueur d'un être encore préservé par la vie. Elle s'est déshabillée tellement vite que j'ai été surpris. L'angoisse était à nouveau présente. Je ne pouvais ignorer plus longtemps que je n'avais toujours pas d'érection. Le cauchemar continuait, je n'avais droit à aucune trêve. Le pire, c'est quand Mélanie a baissé mon pantalon et s'est rendu compte que je ne présentais pas le moindre signe extérieur de désir. Elle a levé la tête vers moi et m'a lancé le même regard qu'un enfant qui découvre que le Père Noël n'existe pas. Ça m'a chaviré. Bonne fille, elle a essayé de remédier à cet état. J'y ai cru un bref instant, ça a failli marcher, mais c'est retombé aussi sec. Ce n'était pas du goût de Mélanie, qui estimait sans doute à juste titre qu'elle avait bien assez donné de sa personne. Elle m'a fait penser à un gros animal égoïste, qui n'arrivait pas à obtenir ce qu'il voulait. En l'occurrence, elle voulait un homme, un vrai, et elle venait de comprendre que je ne pouvais pas faire grand-chose pour elle. Elle s'est détournée de moi naturellement et s'est rhabillée. Je me suis avancé vers elle.

– Attends…

Elle a planté ses yeux noirs dans les miens.

– Attends quoi ?

– Ça va venir.

– Je ne crois pas.

J'ai paniqué.

– Mais si, il faut que ça vienne !

– Tu m'excuses, mais je ne peux pas faire plus.

– Donc, si je n'ai pas d'érection, je ne t'intéresse pas, c'est ça ?

– C'est ça, oui.

– Mais c'est atroce !

– Parce que moi, si je ne couche pas avec toi, je t'intéresse ?

Évidemment, je n'ai pas su quoi répondre. J'ai remis mes vêtements en quatrième vitesse avec une seule idée : quitter au plus vite cet endroit et cette fille, témoins de ma misère. Je suis sorti de chez elle avec l'impression d'avoir été écrasé par un camion.

J'ai réussi à me traîner jusqu'à ma voiture et je me suis glissé à l'intérieur. Je suis resté comme ça un bon moment, avant de pouvoir démarrer. La pluie continuait à tomber, le sol était glissant. Avec un peu de chance, j'allais connaître une fin brutale en rentrant chez moi…

Arrivé dans mon salon, je me suis servi une sextuple vodka-orange, qui a un peu calmé mes nerfs. Je n'arrivais pas à penser de manière cohérente. J'ai fait un rapide état des lieux : je venais de me faire plaquer par la femme que j'aimais et j'étais impuissant. Beau palmarès. Pour quelqu'un comme moi, qui, quelques mois auparavant, se définissait grosso modo par rapport à son pénis, le coup était dur. C'était même la seule chose dure à des kilomètres à la ronde.

J'en étais là de mes réflexions quand j'ai repris un peu espoir. Sofia et Mélanie étaient deux filles que j'avais connues quand j'étais encore en couple. Elles me rappelaient trop Cathy, c'est pour ça que je n'avais pas eu d'érection ! Il me fallait du nouveau, quelqu'un qui n'avait rien à voir avec ma vie d'avant. On efface tout et on recommence. Je n'irais pas jusqu'à dire que je me suis endormi serein, mais je commençais à entrevoir une lueur d'espoir.

Le lendemain soir, j'ai pris mon destin en main. Je me suis envoyé une VV (une vodka-Viagra), et j'ai roulé dans Paris à la recherche d'une prostituée. Oui, je sais ce que vous pensez, c'est mal, mais je n'avais pas le choix. J'ai fini par jeter mon dévolu sur une belle-Russe-cheveux-blonds-peau-blanche qui patientait près d'un arrêt de bus. J'ai arrêté la voiture, elle s'est approchée. J'étais mal à l'aise, et pour cause, j'étais puceau dans ce domaine. Elle m'a donné ses tarifs et elle est montée dans la voiture. Elle m'a proposé d'aller à l'hôtel, mais j'ai refusé. Je voulais juste voir si ça fonctionnait encore, je n'avais pas l'intention d'aller plus loin avec elle. Elle a déboutonné mon pantalon, je n'ai strictement rien ressenti. J'ai tout fait pour me concentrer, j'ai exhumé de ma mémoire tous les souvenirs excitants que j'avais en stock, j'ai pensé à ma vodka-Viagra. Impossible que ça ne fasse pas effet ! Pourvu que le pharmacien ne m'ait pas refilé une boîte périmée…

La jeune Russe me jetait des regards à la dérobée, ne sachant pas si elle devait continuer ou arrêter. Je lui ai fait signe de continuer, mais j'ai dû me rendre à l'évidence. J'étais fichu. Je me suis demandé combien de types impuissants elle voyait chaque jour, mais je préférais ne pas le savoir. J'étais sans doute le seul. J'ai payé et j'ai roulé dans Paris, guidé par le hasard.

Je me suis arrêté dans un bar, et j'ai commandé à boire. Je sais ce que vous pensez mais, contrairement aux apparences, je ne suis pas alcoolique. Je m'hydrate. Jouons cartes sur table : plus aucune femme ne me faisait d'effet. Un capteur de mon cerveau avait été débranché. Oui, mais lequel ? Il y a un tas de fils là-dedans, allez savoir lequel c'était.

J'ai fini mon verre et on est rentrés à la maison, ma bite et moi. C'est seulement une fois au fond de mon lit que le Viagra a commencé à faire effet. Mais pas celui que j'attendais. J'ai passé la nuit avec des palpitations cardiaques, mais toujours aucune érection.

– 33 –

Il y a deux tragédies dans la vie : l'une est de ne pas satisfaire son désir et l'autre de le satisfaire.

Oscar Wilde

Deux jours après l'épisode PRVV (pute-russe-vodka-Viagra), j'ai fini par me résoudre à aller voir Claire Montfort. C'était humiliant de retourner chez elle, mais il fallait que je lui parle. Elle m'avait précipité dans cette galère, elle avait intérêt à m'aider à en sortir. Elle avait des pouvoirs, elle les avait testés sur moi, il fallait qu'elle fasse quelque chose.

Croyez-moi, le monde est hostile. J'étais pris pour cible, le destin tirait à l'arme lourde sur un pauvre type désarmé qui agitait désespérément un drapeau blanc. J'étais au pied du mur. Celui des lamentations. J'avais pris un tsunami en pleine tronche. Avant la vague, ma vie était calme et agréable, mais il avait suffi d'un instant pour que tout ce en quoi je croyais soit emporté. J'avais beau fouiller dans les ruines de ma vie, à la recherche d'un seul truc susceptible de tenir encore debout, je ne trouvais rien. En marchant vers Claire, je respirais l'air pollué à pleins poumons. Selon toute logique, mon espérance de vie se réduisait à vue d'œil, compte tenu des émanations nocives de mon environnement. Cette idée m'a redonné la pêche.

Je ne pouvais pas m'empêcher de penser à Cathy. Je m'abîmais dans des réflexions métaphysiques stériles, en espérant que Claire allait m'entraîner vers la délivrance, au bout du couloir à gauche.

Je fixais Claire sans dire un mot. Le matin même, j'avais trouvé un autobronzant qui appartenait à Cathy. Dans un élan masochiste pour me rapprocher d'elle, je m'en étais enduit. Inutile de vous préciser que je me suis retrouvé avec les doigts et le visage orange. Dommage qu'Halloween soit déjà passée, j'aurais fait un tabac !

– Ben, vous m'entendez ?

– Non…

– Comment vous sentez-vous ?

– Je ne me sens plus.

– Allez, videz votre sac, ça va vous faire du bien.

– Cathy s'est barrée parce que j'ai couché avec Natasha. Je suis anéanti…

– Avouez que ce n'était pas très malin de votre part.

– Mais c'est de votre faute !

Elle m'a regardé sans répondre, parfaitement maîtresse d'elle-même.

– Vous vous êtes bien fichue de moi avec vos grands principes de vie à la con. Sans vous, je serais tranquillement installé dans mon appartement, avec Cathy à mes côtés ! Peut-être en train de manger des sushis, je vous l'accorde, mais au moins elle serait encore là !

– C'est vraiment ce que vous croyez, Ben ? Que si vous n'aviez pas commencé ce travail sur vous-même, votre vie serait toujours comme avant ? Permettez-moi de vous dire que vous vous trompez lourdement.

– Ah oui ? Et pourquoi ? Allez-y, crachez le morceau, ça m'intéresse.

– Vous m'avez expliqué que vous trompiez Cathy, que vous lui mentiez. Et ce que je vous ai dit, c'est que vous aviez un sentiment d'insécurité et de culpabilité parce que vous saviez, au fond, que Cathy ne vous aimait pas pour ce que vous étiez. Elle aimait un monogame.

– Et alors ? Là, elle n'aime plus personne !

J'étais au bord des larmes. Au point où j'en étais de ma dignité, un peu plus un peu moins…

– Vous aviez le choix entre continuer votre petite vie ou initier Cathy à la liberté. Et c'est vrai que vous n'avez pas choisi la solution la plus facile.

– Je me suis planté. Je veux remettre les compteurs à zéro, revenir en arrière.

– C'est une conversation infantile. Beaucoup de gens aimeraient effacer certains événements de leur vie, mais c'est impossible. On n'efface rien, on assume et on tire les leçons qui s'imposent.

– Je vais vous tuer.

– C'est effectivement beaucoup plus facile de me rendre responsable de tout ce qui vous arrive.

– Mais qui d'autre est responsable ? Si vous aviez fait correctement votre boulot, on n'en serait pas là ! Il y a bien un code de déontologie dans votre boulot de coaching primal, non ?

– Effectivement.

– Et vous en avez fait quoi, de ce code ?

– Je l'applique tous les jours. Ce code, pour moi, c'est la nécessité absolue de dire la vérité à mes clients. J'interviens sur les faits dont ils me parlent et, lorsqu'ils le désirent, je leur donne des conseils. Sinon, autant qu'ils restent chez eux et qu'ils discutent avec le mur de leur chambre.

– J'aurais dû y penser !

Il y a eu un silence pesant que j'ai rompu par un couinement.

– Qu'est-ce qu'il y a, Ben ?

– Rien. Je ne veux plus vous parler. Vous avez fait assez de dégâts comme ça.

– Allons, Ben, je vous en prie.

– Oh, et puis, au point où on en est : je n'ai plus d'érection. Voilà, vous êtes contente ?

– Vraiment ?

– C'est fini, je n'y arrive plus. J'ai fait trois tentatives. Rien, que dalle. J'ai le pénis d'un type de quatre-vingt-quinze ans. Il me sert tout juste à pisser, et encore, il faut que je le lui demande gentiment.

– Il n'y a pas de quoi vous inquiéter.

– Non, bien sûr ! J'ai trente-cinq ans et je suis impuissant, mais pourquoi s'en faire ?

– Vous venez tout juste de rompre, Ben.

– C'est gentil de me le rappeler.

– Vous vous êtes ouvert à votre féminité en acceptant que Cathy ait d'autres relations, et vous venez de recevoir un gros choc. Il est tout à fait normal que vous ne puissiez plus avoir d'érection. Vous vivez actuellement une forme de castration.

– Mais je fais quoi ? Ça ne marche plus ! J'emmène ma bite chez le garagiste ? Qu'est-ce que je deviens, moi, dans tout ça ? Je m'en fiche complètement des castrations, symboliques ou pas, et de tous ces discours de psy débiles. Je veux juste bander ! Je fais comment ?

– Calmez-vous, je comprends très bien que cette situation soit angoissante pour vous, mais ça ne sert à rien de s'énerver.

– Je ne suis pas énervé, je suis détruit. Je viens d'être victime d'un attentat à la bite piégée. Et c'est Cathy la kamikaze. Mes couilles sont parties avec, je suis à bout de nerfs.

– Vous voulez que je vous donne un conseil ?

– Non. Je veux plus que ça. Je veux une solution, un miracle. Faites ce que vous voulez, mais il faut que ça marche.

– Très bien, mais je ne voudrais pas que vous interprétiez mal mes propos, ou qu'ils vous choquent.

– Au point où j'en suis, je peux tout entendre. Je n'irai pas jusqu'à dire que je m'en bats les roustons, parce que je suis obligé de les ménager en ce moment, mais c'est tout comme.

– Suivez bien mon raisonnement. Vous avez ouvert votre féminité avec Cathy, elle vous a trahi et rejeté. Vous ne pouvez plus avoir de masculinité, vous êtes castré.

– Vous l'avez déjà dit, ça. Mais je… je suis vraiment castré ?

J'étais horrifié.

– Ben, je ne vois qu'une solution : allez dans un hammam homosexuel.

– Je vous demande pardon ?

– Ne faites pas l'enfant. Un hammam homosexuel.

– Vous voulez dire avec des homos dedans ?

– Je veux dire exactement ce que vous avez compris.

– Parce que vous trouvez que je ne me suis pas assez fait enculer comme ça ?

– Ça va vous faire du bien de voir qu'il existe un monde où des hommes ont une sexualité sans avoir besoin des femmes. Ça aura un effet libérateur sur vous. Aujourd'hui, vous bloquez totalement sur les femmes à cause de ce qui s'est passé avec Cathy. Ça fera sauter ce verrou psychologique.

Je me suis pris la tête dans les mains.

Ben Portman, grandeur et décadence.

L'histoire démarre bien, le type est viril, il a un appartement sympa, il vit avec une bombe, mais, à la fin, son appartement est un taudis, sa bombe lui a explosé au visage et il traîne dans les hammams homos. Finalement, ce n'est pas plus mal que mes parents soient morts tous les deux cette année, parce que ce n'était sûrement pas pour finir comme ça que le rabbin m'avait circoncis quand j'étais gamin.

– Claire, je vous aime bien, j'aime bien cette espèce de coaching-thérapie, même si à mon sens elle a un tantinet dérapé, mais là, je regrette, je ne peux pas vous suivre. Le hammam homosexuel, c'est le seuil psychologique infranchissable. Je suis juif, bon sang ! Vous croyez que dans ma culture on lit la Torah dans les *backrooms* des clubs gays ?

– Vous êtes certain de ne pas être homosexuel ?

– Vous vous fichez de moi ?

– Si vous êtes sûr de ça, pourquoi avez-vous peur d'aller dans un hammam ? Il ne peut rien vous arriver !

– Vous délirez complètement ! Vous avez déjà pensé à faire une thérapie ? Je vous préviens, si je vais là-bas et que je découvre que je suis homo, vous aurez mon suicide sur la conscience.

– Vous êtes tellement immature !

– Vous me faites peur, Claire.

– J'essaie juste de vous aider. Si vous ne le sentez pas, oublions cette conversation. Après tout, ne pas avoir d'érection n'est pas si terrible. Il y a des moments, dans la vie, où le corps n'a plus de désir, parce qu'on a été blessé par quelqu'un ou quelque chose. Il faut être patient et attendre que ça revienne.

– Mais je vais devoir attendre combien de temps ? Parce que c'est vraiment anxiogène !

– Plus vous y penserez, plus ça va vous bloquer. Essayez les plantes et vous verrez ce que ça donne.

– Les plantes ?

Quand je lui ai serré la main, je n'ai pas pu m'empêcher de penser que je serais peut-être homo la prochaine fois que je la verrais. Ça m'a mis tellement mal à l'aise que je me suis précipité dans une pharmacie pour m'acheter du gingembre, du ginseng et tout ce qu'ils avaient comme vitamine pour la bite. J'étais décidé à faire une bonne cure de produits naturels et à diminuer un peu l'alcool. Il fallait absolument que ça marche, parce que ça sentait la vaseline à plein nez.

Je suis rentré directement chez moi, et je me suis préparé avec amour un cocktail aux plantes à bander.

J'y ai ajouté un doigt de vodka et j'ai attendu. Rien ne s'est passé. J'ai essayé un magazine porno, rien non plus. Même pas le début d'un désir. L'angoisse était en train de revenir. Est-ce qu'un magazine pour hommes m'aurait fait plus d'effet ? Il fallait que je pense à autre chose, c'était trop insupportable de se poser ce genre de question.

J'ai allumé la télévision, mais, comme par hasard, toutes les émissions parlaient de sexe. J'ai fini par descendre me ravitailler à l'épicerie du coin mais, en passant devant la devanture du restaurant japonais où Cathy nous achetait toujours des sushis, mon cœur s'est mis à battre très fort. Attiré par une force irrésistible, je suis entré. Le restaurant était petit et désert, vu l'heure tardive. Ce que je faisais là ? Rien de cohérent, juste l'envie d'être dans un endroit qu'elle connaissait bien. J'allais faire demi-tour, quand j'ai entendu une voix.

– Je peux vous aider ?

Un Japonais en costume de tueur de saumons me fixait du regard.

– Asseyez-vous.

Je me suis exécuté, hypnotisé par sa voix autoritaire.

Il s'est affairé quelques instants en cuisine avant de revenir avec une assiette de sushis. Juste après le haut-le-cœur qui m'a saisi, j'ai réussi à articuler que non, merci, c'était vraiment gentil, mais non.

Le type a eu l'air fâché et a posé fermement l'assiette devant moi. J'ai eu peur qu'il sorte un sabre et qu'il me fasse hara-kiri, mais il s'est contenté de me scruter avec intensité.

Pas moyen d'y échapper, j'allais devoir faire honneur à ses sushis. Je me suis empressé d'en couper un en deux, avant d'en avaler un tout rond avec un peu d'eau. Wasabi a fondu sur moi, menaçant.

– Vous ne savez pas faire honneur à la nourriture.

– Hein ?

– Il faut boire ses aliments, et les avaler quand la nourriture est aussi liquide que de l'eau.

Boire ses aliments ? Première nouvelle. J'étais une fois de plus tombé sur un dingue. Décidément, ça devenait dangereux pour moi, de sortir.

King Kong m'a obligé à prendre un sushi avec des baguettes, à le tremper côté poisson dans la sauce soja, puis à l'introduire dans ma bouche, toujours côté poisson, avant de le laisser fondre sur ma langue.

– Voilà, comme ça.

J'ai fait un rapide tour d'horizon pour voir à quel endroit j'allais vomir, mais, à ma grande surprise, le saumon est passé comme une lettre à la poste.

– Parfois, a dit Wasabi, on croit qu'on n'aime pas ce qu'on n'a même pas encore goûté.

J'ai pris ça pour un message subliminal envoyé par les Homos Anonymes, et, pour la première fois de ma vie, j'ai fini une assiette de sushis.

Cette nuit-là, je me suis endormi cramponné à mon sexe, en me demandant si Cathy pensait encore à moi.

– 34 –

Pour ma part, je suis hétérosexuel. Mais il faut le reconnaître, le bisexuel a deux fois plus de chances le samedi soir.

Woody Allen

Le lendemain soir, prêt à tout, je suis passé en voiture devant le hammam homosexuel chaudement recommandé par Claire Montfort. La conversation que nous avions eue m'avait chamboulé plus que je ne voulais me l'avouer. J'ai fait demi-tour au bout de la rue et je suis à nouveau passé devant. J'ai fini par me garer. Je suis resté accroché dix bonnes minutes au volant de ma voiture, en essayant de faire des respirations pour que mon cœur recommence à battre normalement.

J'étais paniqué à l'idée de pénétrer dans un lieu rempli de gays. Mais, au point où j'en étais, mes craintes étaient dérisoires. Claire avait raison, il était peut-être temps que les masques tombent. Je suis sorti de ma voiture en m'encourageant mentalement, comme un athlète de haut niveau avant une compétition, et j'ai foncé droit devant moi, la tête et la queue basses. Forcément.

Je n'ai pas eu le courage. J'ai continué mon chemin, au bord de l'évanouissement, avant de faire une nouvelle fois demi-tour et de changer de trottoir, pour avoir une meilleure vue sur ce lieu de perdition. Je n'ai vu personne entrer ou sortir. J'ai attendu encore quelques minutes tout seul comme un gland, ce qui était de circonstance, et j'ai pris une grande inspiration. J'ai traversé en regardant partout, à droite, à gauche, en haut et en bas, pour être sûr que personne de ma connaissance n'était dans les parages, et j'ai poussé la porte.

L'endroit n'était pas très grand. J'ai payé à l'entrée et on m'a donné une serviette, une clé correspondant à un casier, un préservatif et de la vaseline. Ça commençait bien. J'ai levé la tête. Face à moi, gravé dans le marbre façon tables de la Loi, le onzième commandement, celui d'André Gide : « Ose devenir qui tu es. » Je l'ai pris personnellement et j'ai failli tomber dans les pommes.

Trois hommes d'une cinquantaine d'années étaient en train de se déshabiller. Ils m'ont dévisagé. Ça commençait mal. J'ai eu envie de leur mettre un coup de boule, mais c'était précisément ce qu'ils étaient venus chercher. Deux autres types regardaient la télévision. J'ai attendu qu'ils aient fini de se déshabiller avant d'enlever mes vêtements. J'ai noué ma serviette autour de ma taille, puis j'ai tourné à droite et je me suis engagé dans un long couloir sombre. Je sentais mon cœur cogner. Je suis passé près de petites pièces fermées à clé. J'étais partagé entre la curiosité et la peur panique.

Je suis arrivé dans une grande pièce sombre. Malgré la pénombre, je pouvais voir qu'il y avait beaucoup de monde. Ce qui se passait là-dedans était hallucinant pour un hétéro de base. N'insistez pas, ce n'est pas racontable, je préfère vous laisser imaginer.

Claire avait au moins vu juste sur un point : un monde complètement nouveau s'ouvrait à moi. Bien sûr, je savais ce qu'était l'homosexualité, mais, pour un macho comme moi, c'était finalement une notion assez abstraite. Depuis que j'étais môme, le sexe féminin avait constitué un repère, un but. Et soudain, je découvrais qu'il existait un monde qui se passait totalement des femmes. Sur cette terre, des hommes avaient réglé ce « problème ».

J'ai eu envie de les prendre dans mes bras et de leur demander si je pouvais faire partie de leur secte. Je les ai observés de plus près. Cathy m'a soudain semblé très très loin. J'ai eu envie d'appeler tous mes potes, en leur disant de venir me rejoindre. On allait se faire des pipes d'enfer et bâtir un monde sans femmes. J'en étais là de mes réflexions, lorsqu'une main s'est posée sur mes fesses. Quelqu'un était en train de tâter ma marchandise, apparemment intéressé. J'ai reculé dans un mouvement de panique, mais la main m'a agrippé un peu plus fort. N'y tenant plus, je me suis retourné vers son propriétaire, prêt à le dérouiller, mais il a semblé comprendre. Je me faisais l'effet d'une pucelle. J'ai senti une autre main sur moi. Fort heureusement, la main inconnue, voyant que mon instrument restait sourd aux sollicitations, ne s'est pas attardée. Je suis resté là encore un peu, hypnotisé, puis je suis allé dans la grande salle. Tant qu'à faire, autant profiter de la visite.

J'ai été pris à la gorge dès que je suis entré. L'air était opaque, ça sentait la sueur et le stupre. La vapeur m'empêchait presque de respirer. Je me suis assis dans un coin, en observant les alentours. Tout le monde semblait à sa place, sauf moi. Un type est venu s'asseoir à côté de moi, inconscient du risque qu'il prenait. Il a tenté de me palper, mais j'ai positionné mon genou de manière à l'en empêcher. Il y a quand même des limites à ne pas dépasser.

J'ai eu un début de crise de panique. Je me suis levé pour me diriger vers la porte, mais le monceau de corps qui s'agitaient m'en a empêché. Me voyant debout, l'homme qui s'était assis à mes côtés a profité d'une vue imprenable sur mes fesses et s'est laissé aller à quelques caresses malvenues. J'ai tellement contracté mon arrière-train que j'ai failli lui briser les doigts. Je me sentais de plus en plus mal. En sortant, j'ai bousculé deux types manifestement sur la même longueur d'onde. L'air du couloir, pourtant moite lui aussi, m'a presque semblé frais. Je me suis appuyé quelques instants contre le mur, histoire de reprendre mes esprits. Des râles m'ont attiré vers la pièce du fond.

Je suis entré et là, croyez-le ou pas, j'ai eu une vision ésotérique d'un autre monde : une vingtaine d'hommes faisaient une sorte de ronde très active. Au milieu d'eux, un homme baraqué était le point de mire de l'assemblée. J'ai fini par être entraîné dans le tourbillon, à mon corps défendant, et j'ai soudain senti une incroyable tension en moi. J'ai baissé les yeux et j'ai vu quelque chose qui m'a à la fois rassuré et terrifié : mon sexe dressé dans la pénombre. Je ne pouvais pas y croire. Je l'ai tâté pour m'assurer qu'il s'agissait bien du mien, mais il n'y avait aucun doute là-dessus. La panique m'a gagné. Je me suis concentré pour que ça s'arrête, mais mon corps échappait une fois de plus à mon contrôle. Je me suis dirigé en hâte vers la sortie, mais j'ai été pris dans un mouvement de foule qui avait la puissance du roulis de la mer les soirs de tempête. Je n'ai pas même tenté de résister. Des hommes, attirés par mon sexe obstinément dressé, se sont avancés vers moi. Je ne pouvais mentalement pas l'accepter.

Cathy, au secours !

C'est à ce moment-là que j'ai vu le monstre, debout au milieu de la salle. Lorsque j'ai posé les yeux sur son entrejambe, j'ai failli tomber par terre. Je me suis donc tout naturellement raccroché à mon voisin de droite, qui était ravi de me servir de béquille. Je ne pouvais détacher mon regard de l'homme. Il était grand et surtout très baraqué, et ce qu'il avait entre les jambes était… gigantesque. Il y avait sûrement un trucage. J'avais l'impression de voir un épisode d'*X-Files*. Et dire que j'avais pensé que Tarzan constituait le plus haut niveau de l'évolution en terme de bite ! Là, on remontait directement aux origines de l'humanité. Le blond n'existait même plus, il était battu à plate couture par ce mastodonte en 3D arrivé directement de la planète Pandora.

Mon cœur battait à cent à l'heure. Des hommes, que j'essayais tant bien que mal d'éviter, me trouvaient apparemment fort sympathique, et j'ai réalisé que j'étais toujours un membre actif. Proche de la suffocation, je me suis dirigé vers la sortie, mais il était difficile de se frayer un chemin dans un endroit aussi bondé. J'ai finalement réussi à emprunter le couloir en sens inverse, en mettant ma serviette devant mon sexe pour cacher mon érection.

J'avais eu le temps de remarquer qu'ici aussi on en revenait toujours au même. L'érection avait pris le pouvoir et dominait le monde, quoi qu'on fasse, où qu'on aille. Avoir un membre performant était le préalable à toute forme d'échange. C'était comme ça dans la vie en général, et dans ce genre de lieu en particulier. Je me sentais oppressé. Aucun contact n'était possible, ici non plus. C'était pareil que chez les femmes. On était cernés. C'était à qui avait la plus grosse, à qui bandait le plus dur. Et moi, bien sûr, j'étais tricard.

Je n'avais pas toujours été comme ça, mais ici, ce que j'avais été dans le passé n'intéressait personne. La vie n'était rien d'autre qu'un gigantesque fast-food, il fallait que la nourriture soit fraîche tous les jours. J'ai cherché à regagner la sortie, complètement abattu. Je me suis dirigé vers mon casier en maudissant ce monde ultralibéral, où il n'y a pas de place pour les impuissants au cœur brisé.

Je me suis rhabillé. Il me fallait d'urgence une vodka-orange. Le bar était désert. Tant mieux. Je ressentais une forme de jouissance à avoir osé entrer, bravant mes peurs les plus profondes. Quelle serait ma réaction si je croisais quelqu'un que je connaissais ? Le quelqu'un en question serait sans doute aussi gêné que moi, donc je me suis détendu.

Quelques minutes plus tard, un type d'une quarantaine d'années est venu s'asseoir à côté de moi. Preuve que les vieux réflexes ont la vie dure, je me suis immédiatement mis en position défensive, prêt à lui envoyer des missiles sol-air si jamais il osait poser ses pattes sur moi. Nos regards se sont croisés, il m'a fait un sourire. Pris de panique, j'ai répondu par un rictus particulièrement inesthétique. Je ne savais pas quelle attitude adopter. Je ne cherchais pas à être désagréable, mais je ne souhaitais pas non plus qu'il interprète mal mes intentions. Il a eu l'air de s'en foutre royalement et a continué à boire son Coca. Nos regards ont fini par se croiser à nouveau, et il m'a abordé.

– Tu es nouveau ? Je ne t'ai encore jamais vu ici.

– Je fais juste une petite visite, je suis en intérim.

– Et alors, tu en penses quoi ?

– J'essaie de ne pas trop penser.

– Hétéro ?

– Je ne sais plus trop ce que je suis, en fait. Je mute de partout actuellement.

– Mauvaise période ?

– Horrible.

– Rupture sentimentale ?

– Comment vous savez ça ?

– On en voit pas mal des hétéros, par ici. En rupture, ou en manque. Il y a beaucoup plus de types bisexuels qu'on ne le pense. Et il y a aussi des types qui viennent ici parce que aucune femme ne veut d'eux.

– Ah bon ?

– Tu as été dans la salle du fond ?

– Oui… C'est impressionnant… Tous ces types, c'est un film d'horreur…

Je m'en suis voulu d'avoir dit ça, mais il n'a pas relevé.

– Et vous, vous êtes complètement homo ?

– Oui. J'ai déjà fait les femmes, mais ça ne me branche pas.

– Vous allez souvent dans ce genre d'endroit ?

– Trois fois par semaine. Je viens pour faire des rencontres. C'est ça la différence entre les homos et les hétéros. Nous, quand on a envie, on vient ici. On peut avoir ce qu'on veut tout de suite.

– Mais on dirait que les homos ont des critères précis pour s'éclater.

– Les mêmes que tout le monde, sans doute.

– Disons que, dans le noir, les critères tournent juste autour de la taille du sexe. Tout ça manque un peu de poésie pour moi.

– Moi, je ne fonctionne pas comme ça. C'est plus l'énergie de la personne qui m'intéresse. Toi, par exemple, j'aime beaucoup ce que tu dégages.

– Ah bon ? Et je dégage quoi au juste ?

– Un mélange d'affirmation de soi et de fragilité. Tu as l'air perdu.

– À quoi vous voyez ça ?

– À ton regard, notamment. Tu es de quel signe ?

– Scorpion.

– Je m'entends bien avec les scorpions.

– Et je suis ascendant couillon ou gros naze, je ne sais plus trop. Et je suis blaireau en astrologie chinoise.

Il s'est marré et a sorti une carte de sa poche.

– Appelle-moi si tu te sens seul.

J'ai regardé la carte dans ses mains, avant de braquer mes yeux sur lui.

– Je ne suis pas homo, tu sais. Pas du tout.

– Il y a une femme qui sommeille en chaque homme. Le tout, c'est de la laisser s'exprimer.

Il a posé la carte sur le comptoir et s'est éloigné après m'avoir salué. Je suis resté seul avec mon verre de vodka, perdu dans mes pensées. J'ai croisé mon reflet dans la grande glace qui se trouvait en face de moi et je me suis demandé si ça se voyait tant que ça que j'étais paumé. J'ai pris la carte et j'ai lu son nom : Franck Marney. J'ai hésité à la déchirer. Ça pouvait toujours servir pendant les longues soirées d'hiver.

J'ai quitté les lieux en courant et je me suis enfermé dans ma voiture, comme Noé dans son arche.

J'étais encore tout tremblant quand je me suis mis au lit. J'avais le cœur complètement déréglé et la tête farcie de souvenirs du hammam. Des tonnes d'images défilaient dans ma tête. Des images de sexe pur, des visions tellement puissantes que je ne pouvais pas les chasser. Et je me suis dit : Voilà, gamin, on y est. Le grand Ben Portman est homo, point barre.

C'est le genre d'information qui vous fout en l'air. J'avais vécu la vie d'un hétéro, avec ses complications et ses échecs pendant trente-cinq ans, pour m'apercevoir que je m'étais trompé de côté. J'étais tétanisé. J'avais ignoré pendant tout ce temps que j'étais doté d'un anus multifonctionnel. J'ai pensé à Tarzan… Si ça se trouve, lui aussi était homo ? La liste s'allongeait. Je me suis endormi en comptant les homos : Rock Hudson, James Dean, Arthur Rimbaud, Verlaine et autres *Homo sapiens*.

Je me suis réveillé en sursaut, pétri de culpabilité. Je n'en revenais pas qu'un type ait eu envie de me draguer. Ça me dépassait complètement. Ça ne m'était jamais arrivé de penser qu'un homme pouvait me désirer. Dans mon monde à moi, c'est un truc qui n'existait pas.

Finalement, l'expérience avait du bon. Je comprenais mieux ce que pouvaient ressentir les femmes. Je pensais de plus en plus à devenir homo. C'est vrai, pourquoi pas ? Ça me simplifierait tellement la vie ! Je revivais mentalement la scène d'amour entre Cathy et Tarzan, et j'imaginais ce qui aurait été différent si j'avais été homo ou bi. Peut-être que j'aurais vraiment kiffé, au lieu d'avoir envie de me tuer ? Peut-être que c'était ça la solution à nos problèmes de jalousie et de ruptures pourries ?

Le monde des homos me semblait soudain accueillant, chaleureux. Moi, ce que j'en dis, c'est qu'un monde où un type que tu ne connais pas peut, sur un coup de tête, décider de te palper la raie, c'est le monde de tous les possibles.

Il y avait dans mon histoire un chaînon manquant. On vivait tous avec des œillères, avec des peurs ancestrales qui nous pourrissaient la vie, et moi, je ne voulais plus de tout ça. C'était terminé, je souhaitais m'ouvrir à des expériences nouvelles. La mort de mes parents avait ébranlé l'édifice, la rupture l'avait détruit. Je découvrais maintenant ce qu'il y avait derrière l'édifice. Peut-être que je n'avais pas été si heureux que ça avec Cathy ? Peut-être qu'elle m'avait simplement protégé de moi-même ? Elle avait éloigné de moi sans le savoir un questionnement profond, dont je ne commençais à formuler l'énoncé que depuis très peu de temps. J'avais senti la folie planer sur moi ces dernières semaines, j'avais vécu une mort sociale et affective.

Je me rendais compte maintenant que je n'existais pas par moi-même, mais seulement dans le regard qu'on portait sur moi. Et ce regard s'était dégradé à un point tel que ça m'avait presque tué. Je savais toutefois que je pouvais aller mieux. Je ressentais toujours par moments cette peur panique qui me vrillait le cœur, mais j'avais réussi à me sentir fier de moi et c'était un grand triomphe personnel. Plus personne ne me disait ce que je devais faire, porter ou manger. Je n'avais plus besoin d'une mère. Je ne courais plus après une protection illusoire.

En m'endormant, j'ai repensé à ma soirée au hammam, et je me suis dit que l'expression « tu l'as dans le cul » prenait maintenant tout son sens.

Durant la nuit, j'ai rêvé que Franck Marney sonnait à ma porte. Après un court instant d'hésitation, je lui ouvrais. Je le reconnaissais, grand, brun, souriant. Je ne jouais plus. Je me souviens d'avoir pensé que j'arrivais à ce point enivrant qu'on atteint avec délectation ou terreur lorsqu'on s'approche au plus près de ce que l'on est. On se dirigeait vers la chambre, celle qui avait abrité mes nuits avec Cathy pendant quatre ans. Franck passait sa main dans mes cheveux et je ressentais une grande vulnérabilité, j'avais envie de me blottir contre lui. Il me prenait dans ses bras, je me laissais aller.

Dans mon rêve, je ne savais plus si j'étais un homme ou une femme. J'entrais dans le royaume du milieu, sur le fil de l'androgynat, celui de l'identité partagée. Franck m'embrassait, il y avait un combat en moi, entre mon mental et mes sensations. Mon mental s'affolait, pendant que mes sensations se faisaient plus précises et me baignaient dans une douceur troublante. Franck s'occupait de moi. Les bons gestes me venaient naturellement, je comprenais enfin ce que pouvait ressentir une femme dans cette situation.

Mon corps prenait de lui-même des positions féminines, il se lovait contre celui de Franck, réveillant mes instincts cachés, mes besoins de protection. Je ne pensais quasiment plus à rien, je me laissais aller. Je n'avais jamais ressenti un tel abandon. C'était comme si une immense pression s'en allait, la pression de devoir être un homme et d'assurer, tout le temps. J'étais pris en charge par quelqu'un de plus fort que moi. Cathy, Tarzan, Natasha, Mélanie et les autres semblaient soudain très loin, comme si je les avais connus dans une autre vie.

En me réveillant, j'ai eu l'impression de sortir d'un long coma. Des images de mon rêve et de ma soirée de la veille me sont revenues en mémoire, et je me suis enfoncé un peu plus profondément sous ma couette, avec l'envie de commencer dès que possible une maladie d'Alzheimer.

En me levant, je me suis dit que Ben Portman venait peut-être de recevoir les nouveaux commandements, ceux de l'an 2000, l'ère de la bisexualité et de l'androgynat. Après tout, Ben avait le droit d'être parfois médiocre et mou. Le droit d'être accepté tel qu'il était.

Little Big Man...

– 35 –

Des nouvelles du sexe : on enregistre un net durcissement de la situation.

COLUCHE

Vous imaginez l'état de décomposition avancée dans lequel je suis arrivé chez Claire. Elle a été obligée de me recevoir. Cas de force majeure.

– Ça y est, c'est fait.

– Quoi ?

– Je suis homo.

– Pardon ?

– J'ai fait ce que vous m'avez dit. Je suis allé dans un hammam homo et j'ai bandé comme un âne. J'ai eu la trique, ça ne voulait plus s'arrêter. Je suis homo, je vous dis…

– Ne vous inquiétez pas, Ben. C'est tout à fait normal.

– Mais vous êtes une dégénérée !

– Vous n'avez pas eu une érection parce que vous êtes homosexuel, mais parce que vous avez senti la tension sexuelle du hammam, c'est tout. N'importe qui aurait eu une érection.

– N'importe qui ?

– Bien sûr !

– Vous voulez dire que Brad Pitt aurait eu la trique, à ma place ?

– Sûrement.

– Colin Farrell aussi ?

– Oui !

– Mais pas George Clooney, quand même ?

– Tout le monde, Ben. Vous êtes en train d'éprouver physiquement votre féminité, ça ne veut pas dire que vous allez vous arrêter à ça.

– Comment vous le savez ?

– Parce que c'est mécanique. C'est un endroit qui dégage une très forte énergie sexuelle, et vous l'avez perçue physiquement, c'est tout.

– Donc, si je suis votre raisonnement, je ne suis pas homo ?

– Je ne crois pas. C'est juste un passage.

– Et on en sort comment de ce passage ? Parce que sincèrement, là, je ne vois pas la lumière au bout du tunnel.

– Vous êtes déjà en train de vous en sortir.

– Je suis ravi de l'apprendre…

Preuve que je revenais progressivement à la vie, j'ai entrepris de ranger l'appartement, ce que je n'avais pas fait depuis que Cathy était partie. Je me suis rendu compte à cette occasion que, jusqu'à présent, j'avais attendu qu'elle revienne. J'avais laissé les choses en l'état, pour que tout recommence comme avant. Mais mon expérience du hammam m'avait rendu plus fort.

J'avais vaincu un gigantesque tabou, un truc qu'aucun de mes potes, ou devrais-je dire mes ex-potes, n'aurait jamais eu le courage de faire. J'étais fier de moi.

Je me suis attaqué à la salle de bains, qui était en passe de devenir un refuge pour tous les microbes de la planète. J'ai mis des gants et j'ai pulvérisé de l'eau de Javel partout. J'ai passé une bonne heure à tout récurer. Cathy aurait été fière de moi. Quand j'ai ramassé une de ses barrettes par terre, une vague de nostalgie m'a déchiré le cœur. Il y avait quelques-uns de ses cheveux accrochés dessus. J'ai pensé les conserver, histoire d'organiser une cérémonie vaudou un soir de pleine Lune, pour la faire revenir.

Une fois mon ouvrage terminé, je suis resté sur le pas de la porte à l'admirer. La salle de bains n'avait jamais été aussi propre. En voyant ça, je me suis dit que ma guérison ne faisait plus aucun doute. J'étais en train de remonter la pente, n'en déplaise à tous les blaireaux de la galaxie qui essayaient désespérément de me détruire. « Vous ne m'aurez pas », voilà ce que je me suis dit en sortant l'aspirateur du placard. Un aspirateur tout neuf, que je venais d'acheter chez *Darty*. M'attaquer à toute cette crasse a calmé mes nerfs plus que je ne l'aurais imaginé. J'ai fini le décrassage complet de mon appartement en fin de soirée. Je me suis ensuite vautré dans le canapé en sirotant une vodka-orange, empli d'un immense sentiment de satisfaction. J'étais le seul microbe qui restait dans l'appartement, mais mon éradication n'était plus à l'ordre du jour.

– 36 –

Celui qui aime apprendre est bien près du savoir.

CONFUCIUS

Mon médecin avait accepté de me faire un arrêt maladie. En fin de semaine, Coralie, que bêtement je n'avais jamais appelée autrement que « la grosse », est passée chez moi m'apporter mon salaire en personne, pour que je l'aie plus vite. Elle me parlait, et je répondais comme un automate, jusqu'à ce que je réalise à quel point j'étais stupide. Je l'avais toujours traitée avec dédain. Elle était trop grosse, trop moche pour Ben Portman. Le grand Ben Portman qui, je le rappelle, sortait tout juste d'un hammam homo. Je me suis concentré sur sa voix, douce et chaleureuse. Après tout, cette fille était un être humain. Plus humain que moi, en tout cas. En quoi étais-je différent des homos auxquels je reprochais de ne s'intéresser qu'aux types bien membrés ? J'étais pareil, issu de la même race d'enfoirés.

– Je ne te l'ai jamais dit, mais j'apprécie vraiment

de travailler avec toi. Tu es une fille super. Moi, par contre, je suis un vrai con.

– Ce n'est pas faux !

On a éclaté de rire. Elle m'a serré tendrement dans ses bras, ça m'a fait un bien fou.

Je voulais à tout prix croire à ma résurrection. Je pouvais m'en sortir, je le savais !

J'ai pensé à mes parents, ça faisait longtemps que je ne les avais pas vus. J'ai mis mon plus beau costume pour qu'ils soient fiers de moi, et je suis allé au cimetière de Pantin. Dans le carré de la 87e division, il y avait une rangée d'une trentaine de tombes. Je me suis assis entre les deux sépultures de mes parents, et je leur ai parlé longuement. Les larmes que j'ai versées m'ont fait du bien. Je ressentais de la tristesse, mais aussi de la gratitude pour eux, pour tout ce qu'ils m'avaient donné. Ils avaient fait ce qu'ils pouvaient, ils s'étaient adaptés à un pays qu'ils ne connaissaient pas, ils avaient travaillé dur.

Je me suis dirigé lentement vers la sortie du cimetière, mais soudain je me suis arrêté net et j'ai cru que j'avais une vision : Cathy marchait dans ma direction. Ses cheveux dansaient avec le vent, elle était encore plus belle que dans mon souvenir. Mon cœur cognait contre ma poitrine. Impossible de le calmer.

– Je pensais à toi, Ben…

– …

– Claire Montfort m'a dit que je te trouverais peut-être ici.

– Claire ?

– Je suis allée la voir…

– Pourquoi ?

Elle s'est mise à pleurer.

– Mon père…

– Quoi, ton père ? Il lui est arrivé quelque chose ?

– Ça fait des années qu'il trompe ma mère. Je l'ai vu avec sa maîtresse.

– Je suis désolé, Cat.

– Cécile avait raison.

– À propos de quoi ?

– À propos de toi. Quand elle me disait que toi, au moins, tu avais le courage de dire la vérité.

– Sauf pour Natasha. Tu m'as pardonné ?

– Claire m'a expliqué que tu faisais un gros travail sur toi-même…

Elle s'est jetée dans mes bras. Je ne savais pas si je devais la serrer, ou attendre. Dans le doute, je suis resté distant. Gênée, elle s'est écartée de moi.

– Ça me fait tellement plaisir de te voir, Ben !

On s'est dirigés vers la sortie du cimetière. J'ai essayé de faire de l'humour, histoire de remettre un peu d'ordre dans mes pensées.

– Si ça se trouve, on finira notre vie ensemble ?

– On est beaucoup trop jeunes pour penser à finir notre vie.

Un silence s'est installé.

– Je t'invite à boire un verre ?

– Je ne bois plus une goutte d'alcool.

– C'est vrai ?

– Oui… enfin en théorie !

Les notes de *Dayman Maak*, la chanson préférée de mes parents, ont résonné dans ma tête.

Cathy m'a souri. Je me suis arrêté devant la fontaine et je me suis frotté les mains avec acharnement pour enlever la mort.

– C'est bon, Big Ben. Je crois que la mort est partie, là…

Nos mains se sont touchées, j'ai reçu une décharge de quatre mille volts.

Une fois à la maison, on est allés directement dans la chambre. Le désir nous consumait comme jamais. Cathy m'a embrassé, c'était magique. Elle s'est enroulée autour de moi. J'ai senti ses mains explorer mon dos, mes épaules, mon torse, j'étais au paradis, mais… je n'avais pas d'érection. Je me suis senti mal à en crever. Tout mon chagrin est remonté d'un seul coup. J'ai fait semblant de rien, et j'ai redoublé de caresses pour masquer mon problème. Cathy s'est lovée contre moi avec beaucoup de douceur.

– Je suis désolé, Cat.

– Ce n'est pas une compétition !

– Heureusement, parce que sinon je ne ferais plus partie de l'équipe.

Cathy m'a rassuré. Elle m'a caressé le visage et m'a embrassé. Je me suis laissé aller, impuissant mais heureux, et on s'est endormis sans faire l'amour.

Le lendemain, je me suis levé sans faire de bruit. Cathy dormait encore. Je n'arrivais pas à croire qu'elle était vraiment là, avec moi. J'étais en train de me doucher, et c'est arrivé sans prévenir : j'ai eu une érection ! Vous vous rendez compte ? C'est le moment précis qu'a choisi Cathy pour se glisser près de moi et me prouver son amour. J'ai poussé un hurlement. C'est vrai, ce n'est pas arrivé souvent dans ce livre, mais quand il est heureux, BEN HURLE.

Épilogue

Si je vous ai raconté mon histoire, ce n'est pas pour faire l'apologie de la fidélité, ni celle de l'infidélité. Ce n'est pas non plus pour taper sur les hommes ou sur les femmes. Non, rien de tout ça. C'est juste pour affirmer qu'il est primordial de nous voir tels que nous sommes, avec nos qualités, nos défauts, nos limites et nos fantasmes. Que c'est une condition essentielle pour entrer en relation avec les autres.

Aujourd'hui, je me sens bien. Je suis enfin moi-même, je n'ai plus besoin de me cacher et de mentir. J'assume enfin ce que je suis. Ma vie d'avant est définitivement rangée dans les cartons et je suis aussi aligné que les buses de mon imprimante. Mesdames, messieurs, vous avez devant vous un homme, un vrai. Un homme libéré, en paix avec sa féminité. D'ailleurs, avec Cathy, on a décidé d'appliquer dans notre couple la devise républicaine : Liberté, Égalité, Fraternité !

Je veux juste dire à Walt Disney, qui a bercé notre enfance, que oui, le prince charmant aime Cendrillon, mais qu'il peut aussi avoir envie de la Belle au bois dormant, de Blanche-Neige, de la fée Clochette, et peut-être même de Cruella, de Mowgli et des sept nains. Voilà, c'est dit : le prince charmant est infidèle, parfois. Et la princesse aussi. Et ça nous aurait beaucoup aidés de le savoir dès le début !

Remerciements

Un grand merci à Frédéric Koskas.
À Elsa Lafon, Michel Lafon et toutes ses équipes.
Et à ma chère Marion Salort !

Composition et mise en pages
Nord Compo à Villeneuve-d'Ascq

Imprimé en Espagne
Dépôt légal : avril 2018
ISBN : 979-10-22402-76-7
POC 0181